传奇中国图书系列

小小说卷

幸福的柠檬

张丽 著

中国财富出版社

图书在版编目(CIP)数据

幸福的柠檬/张丽著.—北京：中国财富出版社，2015.6
(传奇中国图书系列.小小说卷)
ISBN 978-7-5047-5606-0

Ⅰ.①幸… Ⅱ.①张… Ⅲ.①小小说-小说集-中国-当代
Ⅳ.①I247.8

中国版本图书馆 CIP 数据核字(2015)第 054725 号

策划编辑 张彩霞　　**责任印制** 方朋远
责任编辑 张彩霞　　**责任校对** 杨小静

出版发行 中国财富出版社
社　　址 北京市丰台区南四环西路 188 号 5 区 20 楼　　**邮政编码** 100070
电　　话 010-52227568(发行部)　　010-52227588 转 307(总编室)
010-68589540(读者服务部)　　010-52227588 转 305(质检部)
网　　址 http://www.cfpress.com.cn
经　　销 新华书店
印　　刷 北京兴星伟业印刷有限公司
书　　号 ISBN 978-7-5047-5606-0/I·0187
开　　本 710mm×1000mm　1/16　　**版　　次** 2015 年 6 月第 1 版
印　　张 15　　**印　　次** 2015 年 6 月第 1 次印刷
字　　数 215 千字　　**定　　价** 30.00 元

目录

我是新四军

她叫什么，怎么流落到我们这里的，没有人知道。

那天，她一步一瘸地走近街道拐角，倚着土墙问修伞的刘栓，你看见有队伍从这里经过吗？

刘栓抬头，看见她戴个草帽，瘦高的个子，破旧的衣衫，黑黢黢的脸，说，两个月前有过。

她拖着腿想继续走，才转身，一头栽了下去。

刘栓把她抱回自己的草棚，用草药敷她腿上的伤口，用一碗稀粥让她缓过了气。她洗了把脸，才露出女子的面目。

接下来，很多很多天，刘栓陪她打听队伍的下落，没有一点消息。等她的腿好得差不多了，刘栓问她走不走，她摇头说，累，不走了，你给我一口饭吃就行了。

刘栓是个孤儿，上无片瓦，下无寸土，生活突然像戏里那样，董永遇见了七仙女，修伞的捡来个小媳妇。成家后，两口子在街拐角又修起伞来。

刘栓人老实，修伞技术又好，每天的活多。她总是不言不语，做完了自己的事就给他帮忙，偶尔望着远方发呆。几年后，他们盖了间瓦房，小日子过得很红火。

割资本主义尾巴那会儿，每个村要抓几个典型。一条街都是同亲同族的本家，唯有刘栓无亲无故，媳妇又是外乡人。刘栓被捉去挨批斗。她冲到台子上大声呼喊，冤枉啊！我是新四军，十五岁就跟着共产党打天下，刘栓是我男人，是好人。

台子中间的干部冷笑道，你说你是新四军？有人信吗？我就是不说我是革委会主任，别人也知道我。

她红了脸，说，主任，我真的是新四军，受伤后和部队走散了……

主任轻蔑地说，证据呢？谁为你作证？

她大声说，刘栓可以作证，他和我一起找部队，找我的连长江一山。没找到——我才和他过日子。她说最后那句的时候声音变低了，还低下了头。

主任站起身，一拳捶在桌子上吼道，狡猾！胡编！一个修伞的还想钻入革命的队伍，给我死死地整！

台下的喊声一浪高过一浪：骗人，她是逃荒来的，斗死她，斗死他们两个。

几个年轻人叫嚣着冲到台上，举起棍棒狠狠地击打刘栓。

她冲过去护住刘栓，被人拖过来反扭着双手。她双脚乱蹬，破口大骂，老子当兵打天下，你们这群狗崽子六亲不认……

突然，她不叫了，只见她满嘴鲜血，一颗牙齿喷薄而出。

刘栓的脊椎被打伤了，躺在床上，她在田间接受劳动改造。

刘栓成了驼背，她成了一个普通的乡村妇女。

改革开放之后，刘栓的背更驼了，她的腿伤复发不能干农活，两人又开始在街道拐角修起了伞。

一天，一辆吉普车停在了街道口，从车里走出个五十多岁的老干部，远远地瞅着忙碌的她。忽然，老干部走到她身边，激动地喊了一声，唐芬同志！

她抬起头，愣了，嘴巴张了张，双手在围裙上擦了擦，霍地站起握住了老干部的手，呜咽着，江连长——是您啊！

江连长拿出一张报纸，感叹说，这么多年了，如果不是这报纸，我怎么会找到你哟！

报纸上刊登着：夫妻俩交还巨款，抢劫犯捉拿归案。

直到这时，一条街的人才知道两口子做了件好事。

那天，他们正在修伞，突然从深巷跑来一个戴帽子的小伙子，扔下一个黑色手提包说了句：给我存着，老子以后来取！两口子还没反应过来，那人就跑了。刘栓打开手提包，竟然是满满一包钱。紧接着，追来一群公安人员。她赶紧拦住问，你们是不是追一个戴帽子的年轻人啊？前面的公安说，是啊，他向哪里跑了？她指了指小伙子逃跑的方向，又补充说，他扔了包钱在这里！

几个公安干警迅速冲了出去。留下的两个干警详细地记录了事件的过程，最后要两口子留口供。刘栓犹豫着，支支吾吾地，求助似的看着她。她突然昂起头，手一挥，说，留我的！我叫唐芬，怕什么！我是新四军，第五师的！

大厅不是乘凉的地方

正午的阳光炙烤着城市。

林立的高楼大厦静默着，在滚滚热浪里反射着耀眼的光芒。街道两旁的树叶纹丝不动，街面除了偶尔缓缓滑过的公交车，少有车辆。路上空荡荡的，早晨的车水马龙，都似乎避暑去了，藏得不见影儿。

银行的大厅里，悬在墙上的大屏幕电视正在播报午间新闻。

老人又出现了，在玻璃门外佝偻着，怯怯地向大厅内探看。

大厅里，不多的顾客倦怠地坐在长椅上等着叫号。大厅左侧摆放了一个办公桌，坐在桌子里侧的保安眯着眼瞅着电视，不时打几个哈欠，显得没精打采。

老人把一个编织口袋轻轻地放在门外拐角处，然后摘下草帽，把草帽搁在编织袋上，用脏兮兮的手背抹了一把额头上的汗水，又扯扯被汗水浸透、早已紧紧地贴在身上的衣衫，轻轻地把玻璃门推开一道缝儿，蹑手蹑脚地挤了进去。

大厅里的电视正对着大门方向。厅中竖排着几行绿色的长椅，老人张皇着想靠近椅子，终于还是没敢，就在大门与长椅之间的墙边，靠墙站着。电视上正在播着舟曲新闻，画面上，一群解放军官兵正在一座坍塌的楼房里救人。

你怎么又来了！

保安一边揉着眼睛，一边从大厅那边踱了过来，话语不重，却透着不耐烦。

老人局促地望着他，讨好地傻笑着，又抹了把眼睛，嘴唇张了张，想说点什么，却又没有说出来。

天天来！跟你说多少次了，这里不是乘凉的地方，快走吧！保安提高了嗓门。

老人的头低垂下来，手不安地扯了扯衣角，原本黝黑的脸显得更黑了，他嘴角蠕动着：我不是乘凉——真的，我来看看电视，我儿子是当兵的，前几天，我侄子跟我说他们部队就去这块地方了……我就想，兴许能在电视上看到——我两年都没看到他了。

保安很气恼：天天都是这么说，换了你，信吗？你忽悠我也不会换个调调，这是银行，不是你们家！这空调都是要钱的，是为顾客服务的，不是让你乘凉的。

见老人不作声，保安偏着头，乜了老人一眼，又补了一句：你儿子还上电视？哄鬼哟！

老人两鬓苍苍，眼角的皱纹如刀刻一般，填满了岁月的沧桑，布满黑垢的手指不知所措地搓揉着，他顾不得保安一脸嫌弃的表情，又抬头去看电视。屏幕上的情形既令人惊恐又令人万分紧张：一座六层楼从中间被竖着劈开，摇摇欲坠。头顶是断裂的钢筋，悬空的水泥残板随时可能砸下来，脚下是沼泽似的泥石流。解放军战士们正紧张地在这随时都可能倒塌的楼房下奋力挖着、刨着，他们在挖一个下半身完全被泥石掩埋着的老人，老人奄奄一息，在记者晃动的镜头下，可以看见两个战士的手指鲜血直流……

老人睁大了眼睛，嘴巴呼哧呼哧直喘气。大厅里其他的人都屏住了呼吸，空气在凝聚。

一分钟，两分钟……每一分钟都漫长无比。

听着老人粗重的喘息，保安回过神来：走吧，走吧！不要在这里影响工作，影响大家看新闻，你看电视上人家正在受苦受难，你还有心思在这乘凉吹空调？

保安不愿用整只手去触碰老人，老人的身上看起来很脏，他只用手指尖推搡着，推着老人往大门走去，老人不舍地一步一回头，似乎生怕错过了每一个激动人心的时刻。快到大门口时，老人把乞求的眼光投向那些坐着的顾客，希望有人能替他说说话，让他留下来。

坐在长椅上的那些陌生人，衣装整齐，淡漠地看了看保安与老人，谁也没有说话。老人终于被保安推出了门外，走进阳光里的老人，身影很小。

电视里响起热烈的掌声，几个战士终于把被困的老人救了出来。大厅里，那些人也激动地站起来，情不自禁地鼓掌。

荧光灯在满身是泥的战士们身上闪烁，镜头在奔跑中晃动。记者无比激动地问一个额头被划伤的年轻战士：小英雄，谢谢你，谢谢你们！全国人民都在看着你们，你们真的是最可爱最可敬的人，我想代表电视机前的观众向你提个问题，你们这样冒着生命危险营救老人的动力是什么？是不是想着军人的职责？

战士稚气的脸红了，手摸着滴着泥水、汗水的脑袋，嘿嘿笑着：说真的，我可没想那么多，也没有时间去想，只是看到这个老人，我脑子里闪过我父亲的影子，所以当时就只有一个念头，一定要救出他……一定！

大厅里，又是一片热烈的掌声。

突然，门外一阵喧杂，对面店铺里有几个人叫喊着往这边跑来。原来，一直顶着烈日趴在玻璃门上看电视的老人晕倒在门边。

保安拉开门，跟在保安身后的人们发现，老人眼角含着泪，脸上却浮现着笑容。

夜的深处是密密的灯盏

李婆婆不用电，她忌讳与电有关的任何东西。夜晚，家家电灯次第亮起，只有李婆婆家的窗棂透出绿豆般昏黄的亮光。

支书又来做李婆婆的工作，说，您拉的是床头上的绳子，不导电的。他做着示范，房间里的灯明明灭灭。李婆婆眼皮都不抬一下说，关了，看着闹心！

支书继续劝：您老一个人，点油灯晚上起夜不方便，照顾不好您，大山兄弟哪能走得安心呐！

“喵呜……”李婆婆怀里的猫叫了一声，她手里的蒲扇滑落在地。

天热，赶明儿我去电站把大山的电扇拿回来，扇扇凉爽呐。支书弯腰捡蒲扇说。

“喵呜，喵呜……”猫的叫声在静夜里弥散。桌上灯盏的灯花也炸了一下。

你要是体恤我，就给我送几斤柴油吧。李婆婆用缝衣针拨了下灯花说。

支书叹着气，走出门。

八月的夜还很燥热，暑气从地面升腾起来，罩得人汗津津的。

远处传来抽水机的马达轰鸣声，天干快两个月了，从大坝抽来的水源源不断地灌溉着稻田。李婆婆抱着猫站在门口，望着远处亮灯的电站，想起儿子大山，泪水直流。

前些年，大山在浙江佛顶山电器厂工作，由于李婆婆身体不好才辞工回家，凭着在电器厂学到的技术当了村里的电工。他看见畈里的庄稼旱得又黄又瘦，便用打工挣的钱买了发电机，在大坝附近建了个小电站抽水。大山忙时住在电站里，与一只花猫为伴。

李婆婆万万没想到，去年夏天，连续的暴雨导致电线短路，山儿在检查村口的高压线路时，触电身亡。儿子死后，留下了一只花猫和一个台扇。台扇是他从以前的厂家带回的纪念品，曾给这个逼仄的电机房带来了无限清凉。那天在发电站清理儿子的遗物时，李婆婆流着泪摸电扇，突然感觉它里面有一个恶魔——电。电这个恶魔让她又想起儿子被烧焦的身体，她触电似的收回了双手……

台扇被支书用塑料薄膜包好封在纸箱里了，李婆婆只把猫抱回了家。

猫很漂亮，毛色光洁润滑，花色黄白相间。婆婆和猫形影不离。婆婆絮絮叨叨说话的时候，猫用舌头舔她的手和脸，用脑袋蹭她的腿肚，用脚爪在她干净的蓝布衫上印梅花，还冷不丁捉只老鼠来邀功。

支书在第二天送来了一桶柴油，说，婆婆，您莫舍不得，晚上不熄油灯，这油啊，听您用，一年都用不完。支书把柴油放在堂屋角落里，找了张纸板盖住。

傍晚，李婆婆在厨房一边舀米一边自言自语，咪咪呀，山儿呀，过会，我给你做好吃的……

突然，从堂屋传来一阵扑腾声，呼啦啦的，伴着猫的哀叫。李婆婆扔下米瓢，跑到堂屋，顿时惊住了，她的猫正在那桶柴油里挣扎。她立即冲过去，一把将猫从油桶里捞起来。猫身上的柴油滴滴答答向下落。

你这个贪玩的！李婆婆眼眶湿了，心疼地说，山儿走了，你再有个啥事，让我怎么活？

李婆婆将猫身上擦干，又烧了热水给它洗澡。第二天，李婆婆发现猫掉了很多毛，又过了几天，猫毛脱落干净，浑身是扎眼的红肉。她捧着猫去看医生，医生说，这是烧伤呢，您不知道柴油烧皮肤啊，也没马上把猫放在冷水里浸一下，这热的天，要发炎了。

李婆婆看着猫，心痛得直掉眼泪。

医生说，只要不感染，没得大问题，关键是要护理好，还要给猫搽药。

快说呀，咋个护理？李婆婆急切地问。

您看，猫直伸舌头，趴在地上不起来，地上凉快，它是自己散内热。您只要保持它的皮肤干爽清凉就行。

从医生那里回来，李婆婆细心地给猫搽药，用扇子给它扇风。才一天工夫，李婆婆瘦了一圈，还手酸眼花。眼见得猫身上破溃的地方开始流脓血，李婆婆急得团团转，嘴里不住地念着山儿的名字。

入夜时分，李婆婆像突然想起什么，急匆匆找到支书说，快点去把发电站的门打开，猫咪被柴油烧了，我要拿电扇。

李婆婆屋里的灯亮了，电扇呼啦啦地转着，风穿过她，穿过猫，一直向窗外蹦去——

窗外，夜的深处是密密的灯盏……

守　灵

舅舅去了，胰腺癌。

53 岁的舅舅是部队军官，事业正是如日中天的时候。来悼念的人一茬又一茬，默哀，鞠躬，敬献花圈。舅舅躺在白单子上，形如干柴。

追悼会异常隆重，舅舅的一生在悼词里做了总结。当兵、考军校、升职；抗洪、抢险、泥石流；北京、大连、甘肃、青海、西藏，官越当越大，路越走越远，驻地越来越荒凉。

一大堆褒义词里，人们扼腕叹息。悲痛如肃杀的秋风蔓延了会场，有人哭出了声，哭声让肃穆庄严的队伍有些松动。台上的领导扫了一眼会场，沉痛地做了总结，最后请大家节哀顺变，到阳光酒店去就餐。

无数的人步出会场，车发动起来了。

我走进灵堂，想为舅舅上一炷香。舅舅的灵魂一定没有走远，我有太多的话想和他谈谈。就在这时，我发现灵堂里还有一个人。

听到动静，他抬起头。竟然是王斌——我曾经的竞争对手。

你在这做什么？我冷冷地问。

我——想送送政委。他站起，双眼红肿，声音哽咽。

坐吧！我说着，点燃香插上。转身扔给王斌一支烟。

烟雾在寂静的灵堂里飘散，舅舅躺着，离我这样近，又那样远。我深吸一口烟，瞟向他，知道吗？这是我亲舅舅。

我知道，政委，他是个好人。

我想说，可他不是个好舅舅，却没有说出口。我不能这样说一个长辈，尤其是已经过世的亲人。

沉默，空气凝重。

和你说说我吧。政委在这里，不能太寂寞。

我弹了烟灰，坐下来。王斌挺直了身子，咳了一声算作开场白。

我来自贵州，老家闭塞，很穷，是望不到希望的那种穷。村里读书人少，也没有学校，人们在巴掌大的土地里讨生活，一代又一代，没有希望也没有失落。而我生来不是那里的人，做梦都想走出去。我要读书，父母没办法，送我到几十里外的镇上，我成绩好也很认真。可是高二那年母亲得了肾病。我想我再也不能自私了，得为家人考虑，事实上就算我考上大学也读不起。恰巧，乡人武部征兵，我报了名，体检时每项合格，验兵干部叫我等消息。

等待是喜悦的，因为有希望，能当上兵等于一只脚脱离了泥巴地。父亲天天往村支书家里跑，支书也乐呵呵地，夸我是村里的好苗子，出去了定能成才。也是，在应征人员里，我文化程度最高，身体又合格，哪有验不上的？

偏偏出了意外，通知书没有我的。

父亲傻眼了，我也塌了天，关在房间里不吃不喝。

是支书带着我父亲去了乡里，乡人武部长说今年合格的人多，名额有限。支书说，王家世代贫农，祖祖辈辈是老实人，王斌是个好娃子，让他去吧！部长说不是我不让去，是确实没法呀！

支书见乡里指望不上了，就和父亲跑到县里找部队来征兵的干部。支书和爹找到一个军官，向他说明了情况，几乎是给他跪下了。军官说，我们研究一下，先回去吧。第二天有个军官来到我家，走访了我的邻居，又去我的学校调查，最后给我补发了通知。军官就是政委，你的舅舅。换上军装那天，村里敲锣打鼓，送行的人走了几里路……

我能想到王斌入伍的场面，因为，穷人的经历是相似的，就点点头。

到部队后我勤学肯干，获得几次优秀奖章。第三年提为一级士官，去年升到三级。

知道去年申报士官的名单里有我吗？我陡然打断了他的话。

嗯，后来知道的，是政委又把指标给了我。

可我退伍了，回老家打工——我就是不明白，舅舅为什么这样？

因为，他是好官！他想给我出路，给我们村的孩子出路。他给我们村捐款建校，让支书把我的奖状挂在办公室，说学好本事，穷山沟也能飞出金凤凰，王斌就是榜样。他还说，王斌在部队多待一年，孩子们的榜样就长一年。

香雾袅袅，王斌擦了擦眼睛，接着说，政委，他是个好人，我来守灵，想替他守住灵魂的净土……

我仰起头，朦胧间看见舅舅的灵魂在堂前绕了一圈，然后，越飘越高，越飘越远。

将军的花棉袄

天越来越冷了，呼啸的寒风把树木刮得东倒西歪，他的单衣单裤也在风中摇摆。

穿还是不穿？他在心里问自己，下意识地摸了摸背后，还是摇摇头，把胳臂环抱得更紧。

不穿，不穿！才下了决心，一个喷嚏喷涌而出。他偷偷扫视了一眼，还好，风大，战士们都在弯腰急行军，没人朝这边看。他赶紧揉了揉鼻头，挤出鼻涕向下一甩。不巧，手磕着腰间坚硬的驳壳枪和手榴弹，火辣辣地疼。他对着手哈了口气，解嘲地笑笑：幸好有痛觉，手没冻僵。但脚好像不是自己的，木木地在冻地上挪动。

不就是冷点么？有大悟山冷吗？这么一比，他想起老家，想起了母亲。

老家在大别山下，山多地少。父母租种了地主肖秀山的三斗地，天天勤巴苦做，一家三口还是吃了上顿愁下顿。母亲贤惠，种棉纺线织布，穿的衣服补丁加补丁。风在山林里怒号，雪粒敲打着屋顶。破旧的房屋里，母亲的纺车嗡嗡响着，俏丽的脸颊在油灯下忽明忽暗。他问，姆妈，您还没吃饭呢，饿不饿？母亲和颜悦色，幼安，妈不饿——对了，我儿饿了吧？妈去拿红薯。他吃红薯，听见母亲压抑的咳嗽。他喊：姆妈，快睡呀，好冷！母亲轻轻过来，抚摸他的脑袋说，乖儿快睡，妈要纺线，换了钱给儿扯布做棉袄。纺车又响了，他噘嘴撒娇，姆妈，我睡不着。母亲就唱歌："月儿那个明，风儿那个静……"咳，咳，母亲咳嗽着，歌声断断续续。他睡了，恍恍惚惚感觉母亲给他掖被角。母亲是啥时候睡的，他不知道，只知道几天后，母亲要他换新棉袄。他不干，他说，姆妈，您先穿，穿旧了我再穿。母亲一手拉他，一手给他解纽扣，他像条泥鳅滑出来。母亲追他，喊着，我的儿，这是男式的，我儿是男娃，男人的衣服女的不能穿。他睁着疑惑的大眼睛，母亲说，我儿，是真的，咱山里男人为大，莫说衣服不能穿，就是手帕子也不准女的用。他不跑了，说，姆妈，那您答应我，也要做一件新棉袄……

风像一把把软刀子，戳他的脸，刺他的脖颈。山路越来越陡峭了，阴云笼罩着山岚，战士们像一条蠕动的蜈蚣。他脸色青紫，眼睛发涩，一咬牙停下脚步，从行军包里抽出一件花棉袄。棉袄软软的，红艳艳的花缎面，厚实的棉絮。他揉捏了一下，有触电的感觉。这是地主婆的花棉袄，要是母亲有一件多好啊！他似乎看见母亲穿上花棉袄脸色红润、目光柔和地说，我儿讲孝心呐，好暖和。他鼻子发酸——母亲永远也穿不上了。走的那年，他才五岁。

他恨地主肖秀山，恨万恶的旧社会，十三岁加入儿童团，十六岁参加了红军。反围剿，收集情报，筹备钱粮，接送往来于中央和鄂豫皖根据地之间的领导干部、交通联络人员，他是无所畏惧的“勇敢分子”。这次长征，受军长徐海东的赏识，他任红75师225团1连的指导员。在这十一月的寒冬，全体官兵穿上了棉袄，尽管长的长，短的短；大的大，小的小；厚的厚，薄的薄；新的新，旧的旧，但铺了絮疙瘩浑身就有热气。要不要穿花棉袄？他犹豫着，连战士们都说，穿女人的衣服，不是爷们。挑来挑去，就剩下花棉袄。老家有男人不穿女人衣服的惯例，是把男人当“天”。那我把战士当“天”，咋不是男人？

这样想着，他毅然把手伸进了花棉袄。可是棉袄太窄了，用劲拉还扣不上，他索性找来一件灰布长衫罩在外面。真暖和啊，他想笑，却见战士们对他挤眉弄眼。低头一看，周身紧巴巴的，衣服七拱八翘，像个小丑。他也眨巴眼，大步向前走。偏偏风和他作对，撩起长衫，露出炫目的花朵。有战士叫起来，指导员，花姑娘！指导员，小媳妇！指导员，小娘们……他窘得厉害，急得摆手。战士们见平时沉稳威严的指导员害羞了，觉得更好玩，继续闹。更有胆大的，看军领导走来，一下撩开他的长衫。哄笑一浪高过一浪，他面红耳赤，无地自容。能生气吗？不能！这些战士跟着自己出生入死，好不容易开怀一场。笑吧，笑吧，笑起劲了，不冷，也不累。

走着闹着，山林里现出一户人家。从破旧的房屋里，走出一个女人。他有些恍惚，那柔和的笑容，多像母亲！她穿着烂成片片的衣服，该有多冷啊！他疾步走过去，喊着大嫂。战士们看他脱下花棉袄，张大嘴，出不了声。

换上“口袋片儿”，他的脚步迈得更大，高大伟岸的身躯像一座移动的山影。

他就是战将刘震，老家湖北孝感，乳名刘幼安。

石窟里的较量

祝山醒来发现自己躺在一个石洞里，耳边响着砰砰的声音。

那声音不大，一下，一下，像打在祝山的心上。祝山竖起耳朵听，不是炮火的轰鸣，不是子弹的呼啸，而是一种空灵的幽谷的回声。祝山瞪大眼睛搜索，石洞好生眼熟，他下意识地一摸腰间——枪不见了，只摸到冰凉的石板。

洞里的光线忽地变暗，祝山抬起头，一个女人悄无声息地出现在眼前。祝山一怔，发现她是个年轻漂亮的女子，便迅速撑起一只手，另一只手在背后摸索。

别动——该喝药了。女子声音严厉却漾着迷人的微笑。端药走到祝山身边，蹲下，搅拌，女子的手指纤细粉嫩。

祝山喝完药，女子用手指按了按他的腿。那条腿抖了一下，她挑了祝山一眼，又挽起他的裤脚，一条红肿的腿露了出来，腿肚子敷着一层草药。女子起身端来一盆清水，然后揭开草药，清洗伤口，又敷上新的草药，她把祝山的腿扳正平摊，笑吟吟地站起来。

祝山心头一动，迟疑地问，你——是谁？这是什么地方？

我是采药的，这是石窟。女子说。

我怎么会在这里？

你高烧昏迷在山上，我采药发现就背回来了。

石窟——高烧？祝山歪着头，撑起胳臂肘，眼睛机警地扫了一圈。

哦，我腿伤了。谢谢你相救，我得走了。祝山说着就想站起。

女子笑道，走？你站着试试？

祝山一动腿，钻心地痛，不由得拧紧了眉头。

快躺着吧，别逞强。你的腿伤得很重，化脓了。

祝山摇摇头，只得顺从躺下。女子又悄没声息地离开，石窟静悄悄的。

砰，砰，声音又出现了。

那声音仿佛有一种魔力，祝山听得想睡，不一会儿，脑子里一片空白。只听见娘在捣药，砰，砰，砰，急促而富有节奏。突然，娘喊了一声，儿啊，你回龙游有什么任务？娘想帮你。

龙游是我家啊，我回来看娘。

孩子，娘想你呀，你有话和娘说吗？

娘，我也想你，我就是回来看你呀，娘——

一阵温热的气息袭来，朦朦胧胧里，祝山看见一张绯红的脸。女子正俯身注视着自己，粉嫩的唇，迷离的眼神。祝山想看清楚，眼皮撑了几下就睡着了。

第二天，女子给祝山喝完药，说要去采药就背着竹篓走出了石窟。

女子的脚步声愈来愈远，祝山侧耳静听，旋即翻身下地，一步一瘸地走近洞口。只见洞口以矩形垂直向下延伸，高度约 30 米，顶部呈“倒斗形”。祝山环视着石窟，石窟很大，近2000 平方米，窟内分布着3 ~4 根巨大“鱼尾形”石柱，与洞顶浑然一体。中心部位有约 20 平方米的矩形水池，其两侧开凿而成，另两侧砌石而成，石壁上有鸟、马、鱼的石雕。祝山慢慢走到水池边跪下，良久地，一动不动……

女子回来看祝山还在熟睡，露出一丝不易觉察的微笑。

女子端来一碗药，祝山捧起一仰脖子，喝得精光。女子又去拿来草药，浅笑着坐下，双手揽过祝山的伤腿放在怀里，祝山一阵燥热，眼见着女子翘起玉指在伤口上鼓捣，屏着气一动不动。

还紧张呀，这不马上换好了。

女子放下伤腿，把目光扫向石窟，似乎无话找话，你说，古人建造这么大的石窟做什么呢?

祝山循着女子的目光望去，说，是采石吧?

嗯，应该不是吧。在外面采石多方便，况且洞口那么小，怎么运出去?

那就不知道了。

或许是战备基地?——藏兵，抑或兵械库?女子猜测着，用眼睛罩住祝山。

都有可能——你说呢?祝山迎着女子的眼睛，笑道。

女子站起身，莞尔一笑。

一连三天，女子都去采药。回来就按时敷药。

第四日，女子采药回来，还带回酒和肉。

摆上酒菜，女子在祝山对面坐下，托着腮，眼瞅着祝山，目光柔和。

祝山喝了一口酒，说，你让我想起我娘，可是——你不是龙游人。一边说一边大嚼着猪肉。

女子眉头一颤，何以见得?

祝山起身从竹篓里拿出一株草问，你说，这是什么草药?

女子盯着祝山，狡黠一笑，我为什么要告诉你?

这是卷耳，它能解毒也能致毒。你不认识，你的手不是采药的，但你会捣药。祝山自顾自吃着，继续说，我家世代中医，娘常常捣药，我听惯了砰砰的捣药声——可惜娘死了，日本人追她，她跳进了石窟的水池，那，就那个水池——

女子瞟了一眼水池。

盘子的肉空了，祝山有些醉意，指着女子说，其实，你知道我是谁。

女子颔首浅笑。

你笑得很美，但你的笑能杀人。

哦？是吗？那如果你说了，我可以不杀你。

你要我说什么呢？我什么也不知道。

我要地图。你不是情报员吗？你把地图藏在哪里？

你说的什么，我不懂。

不懂？哈哈，我说的是——你若死了，没有你，就没人找得到地图。女子狞笑着掏出手枪。

砰砰砰，三声枪响，祝山摇晃了几下，仿佛听见了熟悉的捣药声……

啊哈，不错，美子小姐干得漂亮！随着叫好声，从洞外进来几个持枪的日本人，一个军官模样的人在拍手。

女子赶紧转身立正，报告冈田君，我已经完成任务。他身上没有地图，迷幻药也没能让他说出什么。

嗯，不错。

长官，他死了，这里就是一个普通石窟。女子说。

冈田探了探祝山的鼻息，随后一挥手，走！

几天后，一支队伍进入石窟，连长对着祝山的尸体敬了个肃穆的军礼，然后割开他的伤腿，从肌肉里取出了一张微型地图，按照地图找到了一个兵械库。

爱我，你就亲亲我

弟弟出生后，甜甜就跟着奶奶过。

六岁的甜甜就盼着过年，过年就能见到爸爸妈妈。

奶奶很忙，甜甜一个人，就看电视，在少儿节目里，甜甜学会了一首歌，《爱我，你就亲亲我》。甜甜唱，奶奶就笑。

天刚蒙蒙亮，奶奶就出门了，背着包袱，抱着甜甜。山里水气重，露珠打湿了奶奶的裤腿。甜甜还在睡梦里，奶奶颠一下，甜甜就流一搭子口水。

甜甜在梦里看见了妈妈，妈妈抱着肉乎乎的弟弟，还有爸爸，爸爸拿着一条漂亮的花裙子，甜甜喊，爸爸。

爸爸就抱住了甜甜，问：甜甜，想爸爸吗？甜甜忽闪着大眼反问：爸爸想甜甜吗？爸爸笑：当然想呀！甜甜小脸通红：那——亲我一下！爸爸就亲她，狠狠地亲，胡子扎得甜甜好疼啊，甜甜咯咯笑着，挣扎着扑向妈妈。

妈妈蹲下来，一手搂着甜甜，一手抱着弟弟。甜甜瞅弟弟，弟弟好胖啊，新衣服里面的肉团团的，鼓鼓的，脖上挂个老虎牌牌，胖胖的手腕子上，白圈圈闪闪发亮。

盯着弟弟粉嘟嘟的小脸，甜甜就伸出小手抚摸，弟弟摇头晃脑，咧着嘴笑，嘴里口水直流。甜甜想起那支歌《爱我，你就亲亲我》。甜甜就把脸凑过去，去亲弟弟，弟弟咿咿呀呀，手舞足蹈，甜甜又咯咯笑出了声。

听着甜甜的笑声，奶奶的皱纹舒展着，脚步轻快了许多。

这是一块花生地，奶奶是来挖花生的。奶奶卸下包袱，在地头上铺好一条破旧的被单，把甜甜放在被单上。兴许是地上的凉意，甜甜落地就醒了。醒了的甜甜揉着惺忪的睡眼，看了看天上几颗不愿落下去的星星，突然欢喜地叫起来：奶奶，看，天上还有，还有星星哩！奶奶不看天上，从地里挖出一蔸鲜绿绿的花生，抖一下，露水和泥土纷纷下落，花生果欢蹦跳跃。奶奶递给甜甜，说，我的乖伢伢，自己剥了吃！

花生湿湿的，带着土腥气儿，甜甜用袖子擦泥巴，用嘴巴咬破，把沾了泥点子的花生仁拍进嘴里，花生脆生生的，甜甜嚼得满嘴生香，一会儿黄色的泥点子、白色的花生汁儿，就糊满了甜甜的小嘴，甜甜吃几口，抹下嘴，不一会就变成了小花猫。

吃够了，甜甜唱着歌儿在山上追蝴蝶，摘野花，捉虫子。

太阳升到头顶，天气热起来，奶奶挖起的花生梗在身后发蔫了，奶奶的衣服也汗透了。

甜甜也热，脱下破旧的小褂喊：奶奶，我饿。

奶奶擦擦汗水，走上田埂，打开包袱，拿出面饼和一瓶冷开水，挨了孙女坐下来吃午饭。

奶奶吃着饼问：甜甜，早上做啥梦了？

甜甜眨着眼睛：奶奶，我看见爸妈了，还有弟弟，他们都喜欢我哩。

你说啥？奶奶一下子没听明白。

我摸了弟弟的脸，弟弟可好玩了，弟弟喜欢我，我就亲他了。甜甜说得很认真，大眼睛闪亮闪亮。

奶奶就笑：傻伢，想他们了？他们还得半年才能回呢。

甜甜长长的睫毛颤动着，闷闷的，用手掐面饼。

弟弟小，是我们胡家的根呢，这根根好啊，奶奶再累也舒坦呢。你大了，手重，不要摸他，弟弟肉肉嫩，会痛的，痛了就会哭的。奶奶用手摸着甜甜的头。

甜甜低下脑袋，饼屑在手里揉搓着。

初秋的太阳还毒着，奶奶眼花，看着甜甜，仿佛看见胖胖的小孙儿。

地那头有座长满草的土堆。奶奶就对了土堆，说着，老头子啊，你孙子都在城里上幼儿园了，可甜甜该怎么办呢？

甜甜拉拉发怔的奶奶说：奶奶，好晒，我想回家。

奶奶把手罩在额头，看看天上，天上的太阳火辣辣的。

奶奶说：甜甜乖，再要一会儿，奶奶就挖完了。

甜甜噘起了嘴。奶奶下了地。

甜甜连着打了几个呵欠，喊着：奶奶，我自己回去，好不好呀？

奶奶停了锄，大声地吼：不行，太远了，你走不到的！

甜甜的嘴瘪了瘪，奶奶马上换了笑脸：乖，你玩一会哈，太阳正大呢，花生晒蔫了，奶奶才背得动。

甜甜不高兴了，嘟囔着：晒死了，奶奶，这条路我会走，我保证不在路上玩。

奶奶看看晒得发红的甜甜，心软了，牵着甜甜的手，指着回家的山路千嘱咐万叮咛，回家啊，笔直走，莫贪玩啊。甜甜就在奶奶的目光里蹦蹦跳跳往家走。

山路上，响起她稚嫩的童音：爱我，你就亲亲我，爱我，你就抱抱我……

奶奶笑着：唉，这孩子，硬是被那歌迷住了。

翻过两个山头，山下就是龙口坝了，坝里的水在太阳下发出银灿灿的光。

甜甜又热又渴，忍不住跑到坝下头，清亮的水照出了甜甜花猫一样的脸，甜甜捧起水先喝几口，又洗了脸，再喝几口，水凉凉的，甜甜的。甜甜坐下来，把脚放进水里，脚放在凉津津的水里边，舒服死了。

一群小鱼儿游过来，甜甜伸手去抓，没抓着，又一群鱼儿游了过来，甜甜站起来，再伸手去抓，鱼儿抓在手里，却还在游着，把甜甜带着，游到水里面去，水里面真凉爽啊，甜甜想，原来水里面这么舒服，难怪那些男伢子总是往水里面跑哩……

鱼儿不见了，甜甜也不见了。

大坝里的水在正午的阳光下，纹丝不动。

山那边，奶奶最后的几蔸花生还没挖完呢。

工地上的灯光

这是一片新开发的城市花园小区。一到傍晚，A 期的 10 栋高楼便陆续亮起灯光。

A2 栋共有 20 层，楼顶的圆形滚动灯柱像探照灯，把“城市花园”四个金字照得闪闪发亮，也侵略性地照亮了不远处尚在施工的 B 期工地。

婆孙俩就在这影影绰绰的路灯下，向工地走着。婆婆一手挽着篮子，一手拉着孙儿，孙儿蹦蹦跳跳的，肩上的书包忽上忽下。突然，孙子不走了，愣愣地看着不远处的游乐场。那里有一家三口，爸爸妈妈一人牵一只男孩的小手，在教他溜冰。婆婆笑着问，小刚，眼馋了？看孙子不说话，婆婆哄道，等过年你爸妈回来，让他们给你买。小刚扭过头，调皮地一笑，婆婆真好！又指指游乐场说，那是我的同学，叫睿睿，住在那栋楼房里，20 层呢。婆婆摸摸孙子的小脑袋，怜爱地说，小刚，乖孙子，你好好学习，将来也住这里，好不好？好！小刚大声应着。草丛里的虫鸣此起彼伏，像是热烈的伴奏曲。

工地并不远，婆孙俩绕过安全网和路上的建筑垃圾，就到了工棚。只见工棚外站着一溜溜打赤膊的男人。工人们刚吃完了饭在乘凉，见婆婆走来，也不避嫌。有人朝工棚大喊，林壮壮，婆婆来了。

一个十七八岁的小伙子搭件背心，扛着个小桌子走了出来。婆婆边给孙子拿小板凳边客气地说，壮壮，没得法哦，老是麻烦你，累了一天，也不能让你早些休息。小伙子腼腆地笑，婆婆，您别客气，小刚聪明，我喜欢。

工棚上的大灯泡发出炽烈的光。老婆婆眯着眼，揭开篮子喊着，来，我今天带的烙饼，都来尝尝。

有几个人围过来说，您总是带吃的来，这让我们哪好意思呢！

是啊，这壮壮当小老师，我们跟着沾光哩。

说啥呢，出门一家亲，快吃！婆婆嗓门大，但是听起来舒服。

婆婆给每人分了一块饼。大伙接过饼，有的经不住饼香的诱惑张嘴就咬，有的把饼放在鼻子上闻一闻，用手掰下一块，再放进嘴里。站着的，蹲着的，坐着的，都交口称赞饼烙得好吃。大家的话题从吃过的美味，说到老家屋里的女人。目光越过被楼盘分割得支离破碎的天空，心飞到了遥远的乡村。

婆婆唠了几句嗑，悄悄地坐在孙子的身后摇蒲扇。婆婆不认识字。但是知道对钩和红叉叉，也能认清 100 分。孙子作业本上的对钩让婆婆心里润贴，尤其是那 100 分让她看见了希望。想想过去在生产队里，自己拼死拼活地干，一天到晚最多也就是 10 分，孙儿到底是翻了倍呀。

林壮壮正在讲拼音，那些“啊，熬”婆婆听不懂。婆婆看见林壮壮被汗水浸透的背心，就过去给他扇风。蒲扇晃晃悠悠的，把她的心思带到了在广州打工的儿子儿媳身上。儿子打小就聪明，要是生在富裕人家，兴许就是大学生了，唉，只怪那时太穷。儿子把希望寄托在小刚身上，租房子让他来城里读书，可自己是睁眼瞎，连个作业都不会教，这不，上个月幸好找到了壮壮。

工地上渐渐安静下来，那些工人不知什么时候进去睡觉了。远处，夜晚的霓虹灯闪烁摇曳，从 A 期新楼里不时传来“咚咚”的歌舞声。

奶奶，作业做完了！孙子的话让婆婆回过神来。赶忙起身对壮壮说谢谢，准备回家去。

壮壮站起身，摸着脑袋，好像有什么话又不好意思开口。婆婆就笑，傻娃，看把你窘的，有什么不好说的，是不是想吃什么啊？婆婆给你做。

壮壮犹豫着，说，婆婆，我下周要走了，大学通知书上说要提前去学校报到。

婆婆立马接过话说，好啊，娃呢，有出息，是哪里的大学？

武汉的。婆婆，我高考后来帮工的，一天一百元，工资有7000多元，上学的钱够了。

哦——婆婆的嘴巴张成了“O”形，这才意识到小伙子一走，以后就没有人教孙子做作业了。

婆婆心里暗暗着急，表面上还是爽快地说，娃，快吃饼。不担心，好好去读书。明天我到另外一个工地去找找，兴许还能找到像你这样的老师……

壮壮没有说话，牵着小刚依依不舍地送他们回家。

工地上的灯光很亮，把三个人的影子拉得老长，老长。

诱人的红菱

小村偏僻，偏僻的小村里有个大池塘，清凌凌的水里，长着大片的红菱。

一幢白色小楼在水中投下倒影，那是小宝的家。小宝七岁了，和村里的娃娃们一样，喜欢吃红菱。与小楼相对的，是德山爷的老屋，廊前的木柱被风化虫蛀得黑黢黢的，透着腐朽的老气。

老气一词是小宝妈说的。她说老屋太老了，和德山爷一样透着老气，墙上“农业学大寨”的字都看不清了，老头的牙也快掉光了，不去城里享福折腾个啥。小宝妈还对一群孩子说，娃儿们莫去老屋玩，老屋有一股老气，我屋里多好，亮堂堂的，有吃有玩的，多自在。

小宝妈开着麻将馆和小卖部，年轻的妈妈最爱去她那里打麻将。反正男人不在家，一点口粮田有老人帮忙耕种，闲着大把的时间。

打麻将有瘾，孩子小的放在腿上，吊起膀子搓；孩子大点的自己玩，玩着玩着来要钱，妈妈们怕烦，抽张小票递过去，孩子转身就去小卖部。小宝妈坐在家里提麻将份子钱，赚副食费，惬意得很。哪晓得德山爷一回来就变了天，孩子们见空就往老屋跑。

孩子们不来了，小卖部的生意一落千丈。小宝妈拦不住别的娃，揪住儿子的耳朵往家里拉，嘴里骂道，蠢蛋，你不想法把小子们引来，往哪儿跑？还当孩子王呢，不如个老头。

麻将声哗啦啦，哗啦啦，惊得小麻雀蹦上蹦下，小宝趴在窗户上看，除了满池塘的红菱，哪有一个伙伴的影？

老屋传来一阵阵叫嚷声，不消说，是德山爷在发奖品。这次好不容易得的红旗，算是白费了，说好的玩具手枪也不能去拿。明天小兵又该炫耀他的弹弓，还有小健的变形金刚，小燕的布娃娃，都是德山爷奖的。德山爷的儿子大壮在城里当官，都说德山爷有福气，烧了簸箕大的香，捡了个宝贝疙瘩，比亲生的还孝顺。可德山爷不去城里享福，嫌闷得慌。德山爷喜欢娃娃，那一池塘的红菱还是以前为大壮叔种的呢。现在德山爷老了，坐不得筏子沾不得冷水，任由菱角老得掉进水里，只买些好吃的好玩的，哄得一帮娃娃团团转。

小宝呆呆地瞅着窗外，几只鸭子嘎嘎叫起来，把池塘里的红菱犁出了一道帆。风吹着翻卷出来的菱角叶，像是一种无声的召唤，小宝忽然有了主意。

小宝拿竹篙出门时，妈妈正在厨房倒水，麻将桌上的人都盯着麻将。他心里揣了个兔子，生怕弄出了动静，恨不得把脚吊在竹竿上。池塘里的菱角没人摘，这次一定能捞一桶。有菱角尝鲜，还怕小子们不围着我转？好了，竹篙挨着了红菱叶子，按住，往后拖，一下，一下，一朵红菱带动一串，到了水边拧起一根，哇，好几个呢！小的不摘，两个大菱角红红的，鼓鼓的，尖尖的，摘下先吃一个，甜甜的、脆脆的、粉粉的，清凉爽口。好吃，继续捞，越往中间，菱角越大，结得越多。小宝脱下鞋挽起裤腿下了水，秋天的水真凉，可有菱角吃就顾不得冷了。看那丛菱角叶多大多肥，用劲捞过来就能摘一大捧。一竿子按下去，晃了晃，再按，又弹回去了，原来是一蓬连着的。小宝向前倾着身子，使劲一按，“咚”的一下，扑进了水里，溅起一圈浪花。小宝本能地扑腾着，菱角藤缠在身上，呛了口水伸出头喊“救命”。恰巧这时，德山爷出来了，老人一看塘里有娃娃，忙喊“娃娃落水了，救命啊”跳下水。麻将屋里顿时炸开了锅，一群女人惊叫着向外跑，只见德山爷揽着小宝快到水边了。

大家拉起两个水人，说好险啊，多亏了德山爷。小宝妈抢过小宝哭出声来，傻儿啊，这冷的天，摘啥子菱角？要有个三长两短，我可咋活哟！

小宝打着喷嚏犟嘴，谁、谁叫你不让我去老屋？

德山爷浑身湿漉漉的，大伙催他赶紧换衣服，老人的骨头受不得风寒。一群孩子牵着德山爷，像拥着大英雄。

德山爷确实老了，身子骨软塌塌的。小宝妈把麻将室停了，熬药送汤。大壮叔也回来了，带回几箱子书，又忙着在池塘边钉“禁止下水”的牌子。

老屋里，小宝带着一群小子做作业。太阳从天井口照进来，无尽的浮尘在空气中舞蹈。德山爷说，娃们呐，爷爷老了，要去城里享福啰。小宝抓住德山爷的手直哭，爷爷，我们舍不得您。德山爷笑了，乖，爷爷也舍不得你们呐，好好读书，像你大壮叔一样考学，就能到城里找我啦，可不能玩水啰。

谁还会去玩水呢？那“禁止下水”的牌子，是德山爷的眼睛呐；还有那图画书，可比红菱诱人多啰，里面还有红菱的儿歌哩，可好听啦：“红菱红菱两头弯，弯弯两头尖又尖。红菱红菱外壳硬，白白菱肉藏里面……”

两块电子表

读书时，我做梦都想有一块手表。

引领我做梦的是伙伴兰。兰比我大一岁，和我一起从村小毕业。按理说，我们应该像别的孩子一样辍学的，因为初中在10里外的镇上，没有食堂和宿舍，上学得起早贪黑翻越坟茔累累的大山。我和兰放牛打猪草时说得最多的是读书，兰说，我大哥说了，只要有个伴就不怕。兰的大哥在北京做生意，每次回来都带些好吃的、好玩的，用异样的腔调说外面的见闻。我很崇拜他，随兰喊他大哥，没事围着他转，跟他唱《外面的世界》。我的嗓子不错，像我娘一样。娘以前在文艺宣传队唱革命戏，不识字才落在农村。我要读书，娘不反对，但她警告说，供你读书可以，要读就读出名堂，别读不好，文不文武不武的，让人笑话。

我和兰都如愿上了镇中，每天上学披星戴月，放学日落西山。村里有好事的劝我娘，一个女娃迟早是别家的人，读书花钱不说，又不能帮做事，你还指望她有出息养你？娘说，她要读，我只尽个心。娘尽心，我就要用心。我最怕迟到，家里没有钟表，上学就靠鸡叫。爹娘累了一天，倒在床上雷打不动，更别说鸡叫声。晚上写完作业，为了起床省时间，我总是穿着衣服睡觉，听到公鸡打鸣一骨碌爬起，洗把脸就去喊兰。兰瞌睡多，天天要我喊，有几次把兰一家人喊醒了，她还在熟睡。兰的父亲打开门说，吵死人的，鸡才叫头回呐！

没过多久，兰的大哥回来了，给兰一块手表，说是电子表，只认数字，一分一秒都不会差。我家在村北头，兰戴着电子表从村南头走到我家门口，一群孩子跟着她看稀奇，兰晃着左手腕，让我们看黑色的皮带，闪亮的表壳和壳里一闪一闪的数字。兰神气地对我说，以后，我可以按时起床了，一家人再也不会睡不好瞌睡，我没听明白她的意思，第二天早上照例去喊她，她已经走了。

我天天和衣而睡，娘心疼叫我脱衣服，睡安神些，到时间她喊我起床，可我一听见鸡鸣就条件反射般弹起来。还几次做梦有手表了，在暖和的被子里看时间。我不敢向娘要，学费还欠 50 元，娘说了好话校长才答应缓缓，我哪能再提要求。况且，兰说电子表要 5 元钱，我想要家里也拿不出。

一天放学，兰突然喊住我，叫我试她的手表，还说我娘给了大哥 5 元钱，让他帮我带一块同样的。我小心翼翼地把手表戴在手腕上，心随着数字扑通扑通直跳。

为了感谢娘，我上学带个竹篮，在放学路上打猪草，回到家剁猪草。家里有两头猪，每头 100 多斤，娘说一头是我读书的，一头是过年的。我一边剁猪草一边记英语单词，有次不注意，一刀剁滑了，青青的草里冒出红红的鲜血，我看见大指头上一小块肉翘起，便使劲按住伤口，偷偷撕条旧布缠紧，感觉不到一点疼痛，晚上又梦见了电子表。

大哥在我的等待中回来了，我一口气跑到兰家，只见兰的右手腕金闪闪的。兰伸出两个手腕问，看看，哪个电子表漂亮？我指着她的右手腕说，这块！兰说，这块 10 元，大哥给你带的。我一听傻了，不是——不是 5 元吗？兰脑袋一歪说，大哥说北京的东西都在涨价，新表的链子镀金的，要 10 元。我那块是皮带子，现在还涨到 7 元呢。你要是没钱，把我的算 5 元给你，反正我没用多长时间。兰的薄嘴唇上下翻动，说话像放水般顺溜。我不敢做决定，跑回去问娘，娘一听脸阴了，摇摇说，唉，粮食没涨东西涨。我小声问，那——不要了吧？娘瞪了我一眼说，不要咋行？我叫他带的，哪能说话不算数？我只好说，新的旧的一样用，我拿个旧的吧，能看时间就行。

新表戴在兰的手腕上，表链上上下下滑动，金灿灿的直晃人眼。兰把方形的锁扣一会移前，一会移后，“咔嚓”一声解开，又“咔嚓”一声扣上，得意扬扬。我把旧表握在手心，暗暗鼓劲，期末考试从全班第一跃入全校第一。

初中毕业后，我戴着旧电子表上了一中。兰随大哥去了北京，她那块新表因为锁扣松了，不知滑落在哪里。

钟点工

她是个钟点工，如果需要她，只要一个电话。

她来的时候一般是八小时之外或者周末，我们叫她严师傅或者老严，或者不称呼，直接安排她要做的事，譬如清洁单位的楼道、卫生间、玻璃等。

她一个人做完，麻利干净。干完了她说多长时间单位该付多少钱，没有一个人质疑。

严师傅四十多岁，是一家公司的会计。听说她很能干，会计事务做得好，人品也佳，只要她完成本职工作，老板不限制她上班的时间。

在公司里她身着职业装，打领带。空调室里电脑程序运用自如，预测评估运筹帷幄。

做钟点工时她身穿工作服，戴草帽。抹布、水桶、拖把等，她使用起来熟练灵巧。烈日、汗水、臭气，她习以为常。

看她挥汗如雨，我们说：严师傅，歇会，喝口水再做。

她笑，浅浅的。说话不温不火：儿子周末要回来，早点做完早些回去。

她的儿子读高中，市里的重点。

有一次她在大堂拖地，我们听见她接电话，声音很大：哦，儿子，放心，我在看电视，身体很好……嗯，你放心，吃好点，好好读书。

那时大堂的电视机正在放映电视剧。

还有一次，七月的流火似乎要把人烤煳。为了迎接考核，我们在科室里开空调加班加点，严师傅在外面做着清洁。领导体恤下属，买了冰好的矿泉水、西瓜。大家吃着，我拿了份去找严师傅，在楼道底下发现晕倒的她。

送进县医院，我们才知道她有肝炎。

也许是她的美貌掩盖了病情，她高挑白净，清清爽爽，除了脸色差点，精神一直很好，没人怀疑她是病人。

中午在县医院，我们看见了他取通知书回来的儿子，清瘦英俊。

她看见儿子的表情，欣喜着，急切地接过通知书，“清华大学”赫然入目，她满面红光，笑出了泪。

她说她好了，坚持要出院。无奈，我们去找院办。

在院办，我们提起她的名字，值班院长脸上有瞬间的痉挛和错愕。他沉吟片刻说：你们去吧，我来办。

实际上，我们走后，她很快出院了，儿子签的字。

在我们责怪她儿子时，终于明白了真相。

那位院长是她的前夫。当年她在县城农技站工作，他是乡镇医生。她的哥哥把他调到县医院，并送到省城进修外科。她一个人带着儿子辛辛苦苦盼着，回来后他是一名外科的“刀手”，他做的手术看上去几乎不留疤痕。她以丈夫为荣，全心支持，而丈夫和手术室的护士有了私情。她哭过，请他以家为重回心转意。可是他说护士已有身孕，如果不和她结婚，护士会告他，毁他的前程。严师傅问：你自己呢？是要前程还是家庭？前夫说家可以重建，前程不可能再有。

离婚那年她 30 岁，要了儿子。儿子 5 岁时她下岗四处找事做，在早点摊打工染上肝炎。她请求前夫支付儿子的抚养费，前夫说，我现在有老婆孩子，和你们联系会影响我的家庭！她高傲地转身，发誓忘记他，不让生活的伤痛影响儿子。白天她努力赚钱，晚上她刻苦自学，取得会计师职称后，终于有了稳定的收入。

儿子高中的费用很大，严师傅又开始偷偷做钟点工。

因为她做事干净利落，我们单位常常请她，她儿子上大学后，我们成了朋友。在与她淡淡的交流里我知道了一些后来的事：前夫找过她和儿子，请求原谅；儿子年年拿奖学金……

她现在只做会计师，出出进进，优雅娴静。

没有伞　要加劲奔跑

读初中那年我13岁，瘦瘦的身子托着一张营养不良的脸。中学离我老家7里路，一路山路崎岖，坟茔累累。还有条深壑，晴天是干的，我一步一跳跑过去；雨天水流湍急，靠摸着石头过河。村里读书的女孩就我一个，起初遇上汛期，父亲担心我的安全，护送我几次。后来农事多加上我熟悉了路，就不再管我。

一个人上学的时候，恐惧是伴随的。我每天早上4点半步行上学，风雨无阻。一次冬日大雾，远远地看见前面坟山上火星一闪一闪，以为是遇上了鬼火，魂吓掉一半。同村一个上初中的男生就是遇见鬼火辍学的，我如果不敢走过去，读书这条路算是断了。哪怕死我也是想读书的，便鼓起勇气，把心拧着向前走，可双脚像灌了铅一般踉踉跄跄。步步惊心，分分煎熬，小小的心脏随时会失重跌碎。越是怕，前面越是出现一团团黑影，一点点鬼火。我走走停停，目光所寻之处，雾霭沉沉。没有，没有人会保护我，没有救世主。时间一点点流失，再不快点怕是要迟到了，我捂住眼睛露出一条缝使劲跑。走到坟山我听见了说话声，分明是人声啊。我拿开手睁大眼睛，这才知道是几个卖柴的在歇息。大捆的柴担子直立着，像黑鬼；抽烟的火星闪耀着，像鬼火。瞬间，我的腿像装上了轮子，一路飞奔。

那时候雨水多，出门还晴得好好的，一会就倾盆大雨。上课下雨无大碍，无非是赤脚走泥泞。若放学还在下雨，校门口必然有很多送伞的家长。我知道，就算是天上下刀子，也不会有人给我送伞。我把书包藏在腋下，冲到雨里，任雨水砸在我身上，任雨水流到我眼里。向前跑，尽最大的力量奔跑，哪怕摔得浑身是泥，我也继续奔跑。我告诫自己，你是个没有伞的人，加劲跑才能少受风雨，才能及早抵达。

工作后，办公室最热闹的话题是麻将，输输赢赢都在笑谈中，仿佛钱是一张张没用的纸，时间是用来肆意挥霍的。我沉浸在自己的世界阅读写作，仍然听得见同事在攀比：谁的父亲当什么官，谁的老公多么有钱，谁的谁又升官，谁又有更大的保护伞。我自小到大没有保护伞，世代贫困的家族，几辈子才出了我一个女秀才，在亲人眼里，卑微的我才是他们的保护伞。没有伞的人，面对风雨不能停歇，不能观望，不能气馁，不能颓废，我唯有向前，向前，加劲奔跑。

一份辛劳一份收获，在奔跑途中，我遇到了为我喊加油的人，陪我助跑的人，拉我一把的人。他们本与我陌生，因为善心爱心诚心，给我关爱，给我帮助，给我力量。一个人可以孤单，但不能孤独，我不需要伞庇荫，却需要爱取暖。我遇到了。故而，我是个幸运的人。感激之余，我时时激励自己，即使不成功，也不允许一天不进步。

一只鸡一碗面

那天，鸡叫三遍我就起床了。梳洗完毕，拿起整理好的书包和饭盒，我把耳朵贴在父母房门外听了听，没有一点动静，他们累了一天，还在熟睡。我转身轻手轻脚地拉开大门，迎面袭来一阵寒意。

院子里，地上散落的稻草蒙着厚厚的秋霜。我想这要是一双双银筷子多好啊！那样可以用它换钱医治久病的父亲；母亲也不用独自操劳；姐姐读大学学费不再贷款，在校也能吃可口的饭菜了；弟弟妹妹可以穿新衣服上学；而我呢，更不会因为十元的班费和试卷费卖鸡了。

马上要期中考试，因山区贫困生多，学校贴出告示，交了班费和试卷费才能考试。母亲说耕田种麦我忙不开，你自己上学时捉只鸡卖掉。总共才九只鸡，叫鸡公留着你上学报时，今年的几只仔鸡太小卖不出价，那只下蛋的黄母鸡我称了有一斤八两，卖了够你交费，父母再苦，学你还得上。

鸡橱在院西角，破土砖砌成方形，几块木板糊上砖泥架成两个口，平时我抽开直板放鸡觅食，今天要揭开横板捉鸡。我揭开顶部横板打开手电筒，强烈的光线刺得鸡群惶惶然躲避。我踮起脚伸手找寻黄母鸡，清醒过来的鸡群上蹿下跳，一阵骚乱。我把电筒光定在黄母鸡身上，很快捉住了发怔的母鸡。

山村很静，离街六里的山路弯弯曲曲，集市在街上，学校也在街上。

集市逢双日开集，仅仅一条狭长弯曲的街道，却是附近十几个村的村民赶集的场所。正值农忙时节，赶早市的人很多。我在人潮里钻来钻去，最后选定在商店门口卖。我背着书包，一手抓着装米的饭盒，一手捏着装母鸡的网兜怯生生地蹲下。天已经蒙蒙亮，无数双脚从眼前走过，没人为我停留。

空气中弥漫着油条米酒面条的香味，我的肚子饿得咕咕叫，吸着香味，不敢抬头去看，既怕自己忍受不住饥饿，更担心遇见熟人。我是第一次来卖鸡，如果被哪个同学看见，那多难为情。我本来是个山里女娃，如果同学们知道我家里贫穷，取笑我，看不起我，我怎么受得了？我低着头蹲了好久，腿变得又酸又麻，不由得蹲了又起，起了又蹲，不时在腿肚上捏几下来缓解酸麻。

一个店员叔叔在我身边徘徊了几次，终于忍不住过来问：小姑娘，你等家人吗？

不是的，我在等人买这只鸡。我小声说。

在这里卖鸡别人是不知道的，你到前面鸡行去。店员叔叔说着指了指路。

我找到鸡行，鸡行在街道拐弯的巷口，木柱围个圈，没有门，柱子上挂着牌子，母鸡每斤六块，公鸡四块五。

鸡行里的人不多，一个大胡子拿着秤站在鸡笼边，一个戴眼镜的坐在书桌后记账。我把网兜递给称秤的大胡子，他瞟了我一眼，把母鸡在秤上过了一下，喊道：一斤半，给她九块。

看他要解网兜，我忙说：错了，您称错了，是一斤八两，十块零八角。

哪里错了啊？小丫头，是一斤半，大胡子边说边开网兜。

我一把套住网链不放，尽管手心流汗，腿肚发抖。

不知不觉来了些围观的人。

师傅，她还小，你就重新称下行不？都有可能出错的，这次我们作证。

一个清脆而熟悉的声音传来，我回过头，哎呀，怎么这么巧？是老师！我羞红了脸。

小梅，是你呀！你来卖鸡？家里没钱了？老师关切地问。

是的，交班费……

老师一把拉过我，对大胡子说：师傅，我是初一三班的班主任，她是我的学生，一直是我校的三好学生，家庭是很困难，但我相信她不会说谎。这只鸡我买了，钱我出。

初一三班！哎哟，看您说的！我不晓得她是您的学生，我儿子富贵还在您班上啊，这么说他们还是同学，你把这只鸡拿去，钱就免了，免了。以后还望你们多帮帮我那笨儿子哦！

集市上的人稀疏了好多，老师牵着我冰冷的小手来到早点摊要了碗包面。

炉火跳跃着，包面翻腾着，老师温暖的手按着我坐下。

端起包面，透过朦胧的泪眼我看见山那边，太阳在一点点升起。

妈妈的眼里只有你

太阳像个喷射热浪的火球，燥热的巷子里没有一丝风。

她的缝纫机摆在巷子拐角，一把破旧的遮阳伞绑在缝纫机上，挡住了一小块阴凉。

巷子是几条街道的交叉口，向左是菜场，向右是小学，向前是私立艺术学校和一些店面。每天，来来往往的人很多，如果不是缝补衣服，谁也不会注意角落里的她。她的场地很小，要用的东西都在身边：咔嚓转动的缝纫机，装满衣物的纸箱和身后的烫衣板把她围在中间。她总在忙碌，笑脸迎顾客，低头缝衣物，转身熨裤边。有人和她打招呼，她答应一声，手脚并不停歇。

我女儿在那个街道读小学，来回接送都要经过她的摊位。一次，坐在我车后的女儿指着她说，“妈妈，她是我们班童飞的妈妈。”我问：“你怎么知道?”女儿说：“她爸爸接她的时候，我听见她对她喊妈妈，可她妈妈从来不去接她，就像我爸爸不来接我一样。”我说：“因为忙啊，你看她身边那么多要补的衣服，补得多才有钱吃饭啊。”女儿若有所悟说：“妈妈，童飞是我的好朋友，最喜欢和我玩看眼睛的游戏，你帮帮她。”我好奇怪，插话问：“还有看眼睛的游戏呀?”“是啊，她妈妈教的，就是两个人对着看，你眼里有我，我眼里有你呀。不信，我们回去试试。”我哦了一声，说明白了。“妈妈，你找点衣服给她补吧，太阳好大，有钱她能早点回去呀!”女儿懂事地建议。

第二天我找了几件衣服给她，刚坐下等，听到稚嫩的叫声“妈妈，妈妈”，我循声一看，是个小女孩坐在三轮车上朝她喊叫。“哎——”她应声抬头，一边按住手头的衣服，一边探身挥手。“别累着啊，接飞飞的时候我给你带饭。”开三轮的男人喊道，他黑黑的，憨憨的，话一落，车子已远去。

这以后，每次经过，我都要习惯性地朝她那望一眼。多数时候她在忙，偶尔几次，见她女儿站在她面前，两人在对视，孩子拍手欢叫：“看见了，看见了，妈妈的眼睛里只有我!”她笑着用手指点女孩的小鼻子，“傻孩子，妈妈的眼里当然只有你!”

妈妈的眼里当然只有你！多么简单朴实的一句话，我被深深触动了。放暑假的时候，很多家长给孩子报兴趣班，我也给女儿报了舞蹈班。舞蹈每节课一小时，学费加上服装鞋子一个月800多元，没想到，女儿班上又有童飞。

一个小时的等候实在无聊，我想起那个游戏，不觉想和街头的她聊几句。听说我是她孩子同学的妈妈，她很高兴，话匣子打开就没有了拘束。她说老家在山里，学校离镇上远，为了方便上学，孩子4岁他们就来到城里。她缝纫，他开三轮，租简陋的民房，让孩子读最好的学校，上喜欢的兴趣班。我问，“兴趣班这么贵，短期没有效果，一上就要很久，你认为值得吗?”她笑笑，“为了孩子有什么不值得的，我就她一个孩子，想好生培养。”我好奇，“为什么只要一个呢? 她是女儿啊，可以再生的。”她摇头叹气，“还是生一个好呐，我小时候吃了姊妹多的亏，吃不饱穿不暖，想读书没钱，去山上砍柴卖，滚进悬崖没摔死落下个残疾……”“啊——你的腿?”我好生惊诧，“这么久了，我竟然不知道!”“我起身少，身边又都是衣服，你当然看不出啊，”她像没事一样补充，“你看，我凭双手赚钱，别人孩子有的，我的孩子也有，我要让她像个小公主一样——跳舞，飞翔……”

她黑瘦的脸上写满笑意，头发被汗水凝成一绺一绺的，晶亮的眼睛熠熠生辉，我不细看也知道那里面有一个飞翔的女孩。

是的，妈妈的眼里只有你，我要告诉孩子，这不仅仅是个游戏。

慰 藉

从老师的办公室出来，敏敏妈就开始想办法。

班主任说，敏敏这孩子聪明，去年就是我校上大学的人选，如不是考场晕倒，最低能考上二类。今年呢，成绩更不是问题，可她看起来比去年还紧张，离考试一天天逼近，趁考前放假，希望您能帮她调整好状态，争取考试能正常发挥。

女儿好不容易回家休息，妈妈大清早跑到集市卖肉买菜。回到家发现敏敏趴在书桌上睡着了，好生心疼。唉，孩子太辛苦了。妈妈摇摇头开始洗米摘菜，又把瘦肉、香菇拿到院子去剁碎。刚准备停当，敏敏站在跟前。妈妈假装没看见她红肿的眼睛说，敏儿，来，看妈妈做粽子。那——复习呢？敏敏有些犹豫。妈妈端出糯米，放在院子里的桌子上安慰说，不在于这一会儿，今天好好玩。村里修了庙，咱们自己做点粽子去供祖先，说不定祖坟能起气呢。妈妈像是开玩笑，敏敏还是听出了隐隐的忧虑。自从爸爸走后，妈妈含辛茹苦从不抱怨，把希望浸透在默默的关切里。正是这样，敏敏告诫自己更要做个乖孩子。

见敏敏坐下来，妈妈说，今儿个你就在旁边看。妈妈把两张青绿的粽叶叠成漏斗状，在漏斗里放入浸泡好的白糯米，再加上猪肉、香菇，接着又填满糯米，又将多余的粽叶折回盖住漏斗包裹好，用绳子在粽腰处扎紧打结，不一会，包了两大串。妈妈拎起粽子下到锅里说，敏儿，好东西都包在里面，关键要煮好。这煮粽子也有讲究，水要盖过粽子，用中火煮两小时，熟透了才能吃。如果煮不熟，前面做得再好都是白费。粽子的香味一点点弥漫开来，敏敏似乎嗅到了妈妈话音以外的味道。

爸爸葬在祖坟那里，祖坟在北山坡。坡上艾蒿飘香，青草摇曳，远远可见山顶上新修的村庙。妈妈把粽子摆好，上香，跪拜，嘴里念念有词，祖先们，我天天在屋里烧香，今天敏敏休息，亲自来拜，可得保佑她高考顺利哈！母亲虔诚的祈祷，让敏敏心一颤，双膝不由自主地跪下了，想起爸爸，更是泪水直流。高一那年国庆节，如果爸爸不知道自己放假回家，也不会深夜往家里赶。收割机是在田坡上翻的，把爸爸生生压在淤泥地里，而田野里空无一人。

爸爸才40岁，收割机只用了两季。两季里爸爸开着收割机在外乡本土收割了无数亩稻子，他最大的愿望是赚钱，让女儿读书有出息。可自己怎么这么没用，考不上好大学，怎么告慰爸爸的在天之灵？敏敏越想越伤心。妈妈轻轻抚摸敏敏的头，怜爱地说，敏儿，咱们去村庙。

山顶的村庙红砖青瓦朱漆门，高大宽敞，庄严肃穆，供着各式各样的菩萨。进庙有个功德箱，妈妈塞了100元，一个穿长袍的老妇人递来三支香，妈妈在文殊菩萨的香炉里插上点燃、叩拜，又让敏敏叩头。拜完起身，只听老妇人念道，阿弥陀佛，抽个签吧，很灵的。敏敏见老人一脸和善，不知道怎么办好。妈妈说，抽根试试吧，都说灵的。敏敏有些心慌，一个签真的能预测命运吗？自己成绩总是前几名，为什么到考试就不行呢？难道命中注定不能成龙成凤？敏敏不相信命，更不相信自己，太没用了，一到关键时刻就怯场。妈妈又催促说，抽个吧，测个吉凶，心里有谱。

敏敏把手伸到竹筒，一把签从她的手指间滑过，这个摸摸，那根捏捏，到底哪根决定自己的命运呢？敏敏的心怦怦直跳，最后下定决心抽了一支。妈妈急切地去看竹签，敏敏闭上了眼睛。上上签啊，敏儿，是好签！妈妈的叫声满是喜悦，敏敏睁开眼，迫不及待地去看，只见签上写着：书海耕耘几十秋，自利利他早筹谋；不计冬夏寒暑苦，一朝金榜占鳌头。

敏敏不敢相信自己的眼睛，可是妈妈笑了，老人也在微笑，签上的字实实在在。

好签就是好兆头啊！回家的路上，敏敏的脚步轻快极了。妈妈说，敏儿，看到没，上上签呢，心安了吧？你那好的成绩，怕什么呢，正常发挥就行了，相信自己！

晚上，敏敏做了个梦，梦里祖坟地冒出袅袅青烟，托着敏敏飞呀飞……

小心，超市里有监控

男孩是什么时候进来的，我没有注意。

我发现他的时候，他正在对着我的那排书架上选书。他黑黑瘦瘦的，着一件背心，一条长裤，一件蓝色衬衣，交叉着两只袖子系在腰间。我猜想他可能是个暑期打工的学生，趁午休来买书的。他低着头翻书，很认真的样子。

太阳透过玻璃窗，晃得人眼花。天气正热，老板坐在柜台里面，开着电视闭目养神，我靠在柜台前观察那男孩。他腋下夹着一本选好的书，腰间的衬衣罩住了半个身子，脚下的球鞋变了颜色，大概好久没有洗。他那条书架卖的是教辅资料，书价有些贵。男孩找完了上面几层书，又弯腰在身下一层书架上寻找。这时，他背后的衣衫拱了起来，露出方方正正的块状。不用说，他衣服里藏着一本书。男孩还在书架上挑挑选选，还没到付钱的时候，我不能断定他是暂时放放还是故意藏起。就走过去，装作无意地提醒，小心啊，超市里有监控。我相信男孩听得很清楚，便用余光观察，他没有一点点反应，继续一本本翻看。

我走回柜台，挡着老板的视线。眼睛瞅着男孩，心里矛盾重重。

我也有一个读高中的儿子，年龄和他相仿。儿子和我讲过一件事，说有一次考数学，笔中途堵了，写不出字。桌上的草稿纸是要上交的，不能乱画，他俯首从地上捡了张纸，准备画着试试。谁知被监考老师发现，以为他作弊，很严厉地要他交纸条。最终，老师看了空白的纸张，知道是错怪。这事伤了儿子自尊，也让老师难堪。我当然不能如此鲁莽。

儿子读高三，为了照顾他，我才在学校旁边的这个超市打工。也许是我上班时间短，这个男孩我第一次看见。他是没有钱买书吗？如果真的是偷书，被监控录像了怎么办？我看着书架上“偷一罚十”的牌子，暗暗为他着急。

男孩不紧不慢地又选了两本书。他捧着书向柜台走来，脸上有满意的笑容。他的脚步很快，我赶快迎上前去拦住他，他比我高一截，我仰着脸迟疑地问：你在读书吗？他咧咧嘴，点点头。我说，我儿子和你差不多，我想给他买几本资料，你这书如果好，我也买本。他又点点头说，是，是很好，便把手里的书递给我。我翻了翻，指指他的腰间说，那是书吗？也给我看看吧。男孩的脸红了，低头解开袖子卷，撩起背心，抽出书给我。我盯着孩子的脸小声说，孩子，读书人偷书不算偷，你是不是钱不够，阿姨给你向老板说说，打个折。男孩忽然抬起头，一双惊诧的眼睛望着我，绷着脸，紧咬着嘴唇。

有什么事？是不是要结账？传来老板的喊声。显然我们的说话引起了老板的注意。是的，结账！我赶紧回答，顺手去拉男孩，男孩闪身躲过了。我继续解释说，这是我老家的侄子，他买四本书，您能不能帮忙打打折啊？老板嗯了一声，说，那就八折。我把书都递过去，男孩想阻止，我以为他怕难为情，拍拍他的肩说没事的，你不管。

男孩窘在那里。突然，老板站起来说，哎，这本书不是我们店的，你在哪里拿的呀？

本来就是我从家里带来的，里面还写了名字。男孩大声回答。

自己的东西怎么能带进超市，不是有储物柜吗？老板问。

我来超市少，不会用那柜子……男孩语调低下来，瓮声瓮气。

你以后仔细一点，多熟悉一下店里的书目。老板瞥了我一眼说。

“阿姨，再见”！男孩喊了一声冲了出去。

我呆呆地站着，此时如果打开监控，我的脸一定很红，很红。

青春伤不起

毕业20年，班长发起同学聚会，说再不去荆门聚聚，有的同学怕是一辈子难相见，“五一”正好是班主任60岁大寿，大家一定要参加。

淅淅沥沥的小雨里，同学们陆陆续续到了，20年再见，当初十六七岁的少男少女都变成少男少女的爸妈了。室友们一见我，喊着名字跑过来，我们相拥而泣。在这激动人心的时刻，我没有见到芳子。

我问，姐妹们，芳子呢？

阿菊叫起来，你们两个是死党，你不知道谁知道？

我的心咯噔一下，问，芳子真的没来？

是啊，咱们6朵金花，就她没来，还是本市的呢，也不知道咋回事，等会去问问。阿春还是快人快语。

一群人簇拥着走进宴会厅，入座后侃侃而谈。我翻开活动安排，同学录里芳子的名字排在首位。

芳子总是名列前茅，初上中专那年，电视正热播《十六岁的花季》，男生称我们六个女生是六朵金花，我们一出现，就会有热烈的口哨和歌声。六朵金花里，芳子最高，最惹眼：厚厚的眼镜片，长长的马尾辫，红红的钥匙链，高高的高跟鞋。我们好奇搜寻男生的时候，芳子昂首挺胸，目不斜视，喊一声“快走”，钥匙链抛出潇洒的弧线，高跟鞋踏出哒哒的回音。

女生住一个寝室，芳子和我最好。寝室长阿香说我们是死党，阿春笑我是跟屁虫，我知道她们是逗乐子，一点也不在意。我喜欢跟着芳子，她是本市人，从小到大都受父母和老师的宠爱。我们班主任说她是个小作家，将来会当大作家。我看过她的很多获奖证书，还有她参加全国夏令营的照片。她有那么多书，只给我一个人看；她有那么漂亮的家，只带我一个人去；她有那么多秘密，只和我一个人说。她说，我没有爸爸，只要能出人头地，妈妈什么都满足我。

我是芳子的朋友，什么都听她的，她喊，兰，走去打开水，快点；兰，快点，去排队打饭；兰，快来吃我带的菜；兰，快去抢占羽毛球场；兰，陪我去小卖部，快点啊……我无法计算芳子一天要喊我多少回，每一次都要说，快，快点！我在她急促的高跟鞋后气喘吁吁。

女生爱疯，看完《十六岁的花季》会在寝室里讨论哪个漂亮，哪个最帅。若声音过高，坐在上铺看书的芳子会吼一句，你们烦不烦啊？阿香马上捂住嘴，示意噤声，大家做个鬼脸，自觉看书学习。

十六岁的年华，吵吵闹闹谁也不当真，六朵金花亲如姐妹。一晃三年快毕业了，五一学校组织歌舞晚会，可能是看节目受凉，我肚子疼得厉害。刚到寝室趴在床上，芳子就拉我，快起来，陪我去买方便面。寝室离小卖部有些远，我说不舒服，你自己去吧。芳子大叫：起来，起来，使劲拖我。我皱着眉说，可我肚子痛啊。阿菊看不过去，说，兰不舒服，你就自己去呗。一句话让同寝室的几个人看着芳子，芳子一甩手：不去拉倒，我看你今晚会死啊。

肚子痛过一阵，我就好了，可芳子记到心里去了，一直不理我。看别人有说有笑，我心里空落落的。

都在为毕业考试做准备，一天午休时分，芳子突然叫起来：我的钱不见了，谁偷了我的钱？

睡在芳子下铺的阿菊首先探出头说，丢了多少啊，好好找找，说不定放错地方了。

哪里有啊，我到处找了。早上放在枕头下面的10块钱，现在找不到，肯定出了家贼！

芳子的话让我们睡意全无。尤其是我，脸上火辣辣地疼。

家贼——不是指我吗？我和芳子走得最近，当然嫌疑最大，况且，她正好几天没理我。

我背若芒刺，魂不守舍。为了洗脱嫌疑，我做了件愚蠢的事。

我猜想，芳子在恨我，20 年了，她仍耿耿于怀。

班主任的寿宴开始了，班长要我去献花。老师把我的手举起来说，同学们，兰是我们班的骄傲。我的学生做官的、经商的大有人在，可作家只有一个。台下响起热烈的掌声。

老师继续说，兰写了一本书，叫《青春伤不起》，她的书才是我最好的生日礼物！

我有些不好意思，恭敬地把书赠给老师，转身动情地说，同学们，十六岁的花季只开一次！20 年了，曾经的 6 朵金花，今天少了最芬芳的一朵。芳子没来，我很自责，是我伤了她——阿菊，阿春，还记得芳子丢钱的事吗？10 块钱，寝室谁都有嫌疑，我没偷，我自己知道；我嫌疑最大，我也知道。为了解脱嫌疑，我偷偷在她的枕头底下塞了 10 块，她可能更坚信是我偷的——人说，做贼心虚，其实，没做贼也心虚啊。

场上霎时安静下来。班主任打破沉默，语重心长地说：芳子住院了，心脏不好。这次聚会她请我给同学们说说，是她伤了你们，不该说那个偷字，钱其实找到了，丢的是 10 块，找回的却是 60 块……

不知不觉，阿菊，阿春、阿华、阿香走到了我身边。阿春说，芳子说丢钱，我是下铺，怕受嫌疑，我塞了 10 块。阿春说，我住她对面，为放东西我们拌过嘴，我偷偷塞了 10 块；阿华说，我和她说话少，怕她认为我心里有鬼，我也塞了 10 块；阿香说，我不想分手了，大家心里疙疙瘩瘩，也塞了 10 块……

话没说完，班主任把我的书高高举起，同学们，犯错误也是青春的一部分，你们都是好学生，吃完饭我们都去看看芳子。

今夕何夕

酒过三巡，大家兴致正酣。

辉举杯走到何夕跟前，记得我吗？杨辉，初三一班，坐在你后面的那个……辉微笑提示。

何夕看看高大英俊的辉，怔了怔，记忆模糊。

辉有些尴尬，佯装逗何夕的孩子，顺势坐了下来。好友琼忙过来打圆场：这次同学聚会，若不是我死拉硬拽，何夕才不会来呢。说着朝班长建挤挤眼。

建端着酒杯走到何夕与辉之间，大声说：同学们，我们来给杨辉敬杯酒，当初有名的坏学生杨辉，现在是武警中校了，真是浪子回头金不换啊！说着，建仰脖饮下。

何夕，曾经的班花，三好生，现在的教师，业余作者。来，我们再敬她。

酒桌旋转着，女同学看看何夕赞叹不已，姣好的身材，光洁如玉的肌肤，一点也不见老。男同学说起当年的辉，激情飞扬。何夕听着听着，那个 16 岁的辉便浮现在眼前：个子不高，号召力大。课内吹响亮的口哨，课外打架闹事。

同学们一件一件抖着辉的糗事，笑得前仰后合。笑后一个接一个敬酒，辉一杯接一杯，来者不拒，然后一一回敬。喝到最后辉似乎醉了，辉站起来挥着手臂，手指一戳一点，说话一字一顿：同学们，知道吗？我最得意的事，是打了秦风，那个爽啊，畅快！

喧闹骤停。所有的眼睛扫向何夕。

何夕抱起女儿，伺机仓皇而逃，辉一把拉住。

辉的脸涨得通红，一句话脱口而出：何夕，我打他，是因为你！

满座噤声。

建打破了沉寂：是的，我可以作证。一群同学站起来，我们也参与的，我们可以作证。秦风该打，若再遇到，还……

何夕咬着嘴唇，面对那么多关切的目光，轻声说：孩子要出去玩，我带她到外面走走。

何夕走得很快，她知道一转身，泪水就会决堤。琼紧随其后。

室外明月清风，搂着何夕抖动的双肩，琼说：别伤心！杨辉说的是真的。还记得蜡烛和信纸吗？都是辉让我给你的。他看见你鼻孔有黑烟，知道你是用柴油灯看书，看见你收集纸烟盒，猜想你没有钱买草稿本……

琼，为什么不告诉我？一直以来我以为是你。

是他不让说的，他爸爸是镇上的宣委，帮你很容易。他喜欢你，可你从来没注意他。你那么优秀，而他是个坏学生。

是的，那个漂亮文静的何夕，那个聪明勤奋的何夕，那个用眼睛能让教室安静的何夕，全校师生谁不喜欢呢？特别是教语文的秦风老师，他读何夕的作文声情并茂，看何夕的眼神温和怜爱。上课他总是向何夕提问，晚自习一遍又一遍在何夕身边溜达。

琼看着沉思的何夕问：那个晚自习，秦老师在你桌上写了什么，然后你跟他出去？

何夕泪眼迷离，往事如潮水般涌来。

那是个月朗星稀的夜晚。晚自习很静，何夕正温习功课，秦风徘徊着，突然俯身拿过何夕的笔在纸上写了一句话：今天是我的生日，能出来一下吗？

何夕满脸通红，起身懵懵懂懂跟着秦老师，身后传来尖利的口哨声，接着一阵喧哗。

初秋的月色格外宁静，从教室里射出的灯光照得很远。一前一后，谁也没有说话。他们穿过操场，经过几家店铺，再走过几条田埂，来到小河边。河边，流萤闪烁；稻田，蛙声如鼓；微风吹来，水面皱起鱼鳞般的波纹。秦老师仰天吟诵：扣舷独啸，不知今夕何夕！

接着，他说他有理想有文学梦，说现实的痛苦。傻傻的何夕，站着，听着，一句话也不应。看他没完没了，何夕说：老师，我的作业还没做完。秦风慨叹：嗯，何夕，你还是孩子！

回到教室，又是一阵唏嘘声。

过了几天，秦老师上课。辉说话、挪桌子发出很大的声音。秦风喊：杨辉，站起来！

辉站着，像抽风样摇摆，同学们笑，他更得意，发出呛哨。

秦风大喊：不像话，站到讲台上来！

杨辉反着双手，像首长巡视，边走边点头。

讲台上，一个讲课，一个做鬼脸。同学们哈哈大笑。秦风气急，恼羞成怒，举起巴掌。在秦风巴掌落下的一瞬间，辉抽出皮带，对着秦风迎头一鞭。教室炸开了锅。

秦风受辱，坚决要求校委会惩治杨辉。辉的爸爸亲自到学校调查，还面见了秦风。最终杨辉没有被开除，校长口头警告后不了了之。

一年后，何夕考入另一个城市上了中专，辉入伍了，彼此没有联系，在何夕的心里，辉激不起波澜。

倒是秦风，每周三封信，每封信关怀备至。何夕回信说老师放心，同学之间非常友爱。班长还是老乡呢，他很关照我。

怎么也没想到。一个午后，站在寝室阳台的何夕，突然听见秦风的呼喊。那一喊，伴随着绚烂的阳光，晃晕了何夕的眼。

校园的月光下，何夕说，您做我的哥哥，好吗？秦风说，不，我等你长大！

三年，多少封信，多少次探望，即使何夕躲闪，秦风从没有放弃追求。

毕业后何夕分配到母校，不久成了秦风的新娘。

孩子出生不久，何夕发觉秦风和另一个女人有染。捧出厚厚的一堆信，何夕看着泪如雨下，秦风面露不屑。何夕问：这些难道不是真心话？秦风惊奇地反问：恋爱时的东西，你也相信？

痛彻心扉的往事，不堪回首。

孩子已经在怀里睡着了，琼说走吧，我再告诉你一件事：学校没有开除杨辉，是因为他爸爸见秦风时，拿出了两封状告秦风诱骗女生的信。辉听说过关于秦风的风言风语，他担心你吃亏。辉爱你，在部队很努力，屡屡立功，他盼望干出成绩后回来找你。

然而，物是人非事事休，欲语泪先流。

明月已经高悬，洒落一地的清辉。扣舷独啸，不知今夕何夕？

诱人的茶果

东边的山头才露出白光，妈妈喊醒妞妞，说捡油茶籽的都上山了，让她去看护油茶园。妞妞家的园子在西山坡，累累果实笑开了嘴，茶油籽吐出壳外，悬在枝头。爸爸的榨油厂正是忙季，妈妈开了园，一个人采摘不过来，好多果实等不及了，散落在树下的草丛里，吸引大人小孩去捡，也有贪便宜的，趁着没人直接去树上摘。

山道上可以看到移动的人影，也能听见隐隐约约的说话声。妞妞背着背袋，手捏竹钩，撒开脚丫奔跑，背袋在身后忽左忽右，似乎和她捉迷藏。妞妞喜欢捉迷藏，特别是和双娃。双娃是她同学，每到油茶成熟都会进山捡油茶籽。雾气笼罩着山岚，南山坡像蒸熟的馒头，中间鼓起，四周稍下倾，平素绿油油的油茶树像披了白纱。双娃果然在队伍里，妞妞躲在他后面，偷偷拍他的背篓。双娃以为是划着了树枝，低头弯腰继续走。妞妞大喊一声，突然蹦到他前面。看他吓了一跳，妞妞捂住嘴笑。

到了半山腰，一些人陆续分散开来。妞妞叫住双娃："跟我走吧，带你去个好地方，保证一会儿捡一背篓"！不等他犹豫，妞妞使劲一拉说："走吧，不骗你！"妞妞说的没错，那个园里散落的油茶籽真多啊：草丛中的，落叶下的，圆溜溜的发着油光。冷不丁还遇着贴在地上长的油茶树枝，挂着好几个果，摘起来喜死人。太阳出来了，暖洋洋地照着光滑的树干，也照出树叶间零零星星的油茶果，双娃像个猴子样，爬上去一枝枝看，一个个摘，一把把丢进背篓。妞妞的脸红扑扑的，眯起眼仰望。

“妞妞！在干吗呢？叫你看林子，你还带人来摘果！”妈妈不知什么时候来了，显得很生气。

“这不是摘过的树吗，怎么不能捡？”妞妞不高兴。

“才开园呐——傻妞！”妈妈语气和缓了些。

双娃见势不对，呼啦从树上跳下来说：“阿姨好，我是双娃，妞妞同学，来帮她摘油茶果，看，有这么多呢。”他指指妞妞的背袋，又指着自己的背篓。

“哟，双娃，妞妞总提你呢！”妈妈有些窘，急忙放下篮子，拿出水罐和烤饼，说：“娃们，都来吃，吃完了帮我摘，每人有奖！”

园子里，妈妈站着摘树枝上的果，双娃上树摘高枝上的，妞妞弯腰寻草地上的。妞妞高兴，一会唱，一会跳，一会叫：“妈妈，知道吗？双娃是我们班最聪明的！”妈妈笑：“双娃真棒哦，以后多教教我们妞妞！”妞妞翘嘴：“我才不要他教呢！”看双娃笑，又炫耀说：“不知道吧，我妈可会讲故事了。不信？让我妈妈讲一个？”妈妈点了下妞妞的鼻子，说：“就你会闹”！双娃在树上拍起巴掌喊，“阿姨讲一个，来一个”。妞妞也喊：“一二一，我们等得好着急！”

妈妈摊开手，假装无奈地说：“好吧，我讲——你们看，这儿山多树多，是不是？”两人齐声说是。妈妈说：“以前可不像这样，才稀稀拉拉几棵树，家家穷得很呢。有个女娃啊，和奶奶一起过。有一次，奶奶便秘，肚子胀得老大，没钱抓药。她听人讲有个土方，喝生茶油能拉出屎来，又不伤肠胃，就到处捡油茶籽。捡了整天才一背篓。那时候没人敢收购，榨油又不够。女娃着急，连夜背着油茶籽去了街上的油榨房，榨房有个后生，听说她要茶油救奶奶，二话没说，给她倒了一小瓶油……”

“啊，真是好人！后来呢？”见妈妈停下来，妞妞急了。

“当然是奶奶病好了！”妈妈说。

“再后来呢?”妞妞急着问。

“再后来呀，他们结婚了”。妈妈才说完，双娃叫起来：“我知道啦，他们像王子和公主一样，从此过上了幸福的生活!”

“哦，我也知道啦，他们还生了个宝宝，叫妞妞!”妞妞的脸激动地发亮。

树林里响起哈哈的笑声，一群鸟惊飞了，又飞回来。站在枝头，“好哇，好哇”的叫唤。

爸爸，我背您回家

现场会还没有结束，台上王有庚局长的手机就响了，他把手伸进裤兜直接把电话摁了，继续听计生办主任汇报。

才一会儿，手机铃声又在裤兜里响起。王有庚摸出来看了看屏幕，向旁边的副局长示意后到走道接电话：“妈，什么事啊？我正在乡镇开会呢。”

“有庚哪，总算找着你了，你赶紧回来！老头子不见了，一早上出去到现在还没回，急死个人。”

“哦？您别急别急，没事的，可能到哪里玩了，下棋啊看戏什么的忘了时间，我一会儿忙完了就去找。”

“又哄我！你那些事儿时忙得完，晓不晓得你几个月没回来了？老头子天天在家唠叨，总说要去找你看看你。这会儿家家都吃完饭看电视了，他还不见个人影……我能不急吗？我都担心死了。”

“好好好，我吃完饭就回来，您别慌哈。”

王有庚挂了电话回到会议室，尽管内心忐忑不安，脸上还是平静如初，直到会议圆满结束。

车刚开回到老家巷口，便见着老母亲揉着眼睛在巷口焦急地望。老母亲一见着迈下车来的有庚，泪就下来了。一阵冷风过来，把酒吹醒大半，王有庚忙替母亲把风挡住，心里便有些酸酸的。

老爷子今年七十，小时候是个孤儿，一辈子就养了有庚一个独苗，朋友本就不多，自上了年纪更不爱串门，所以像今天这么久没着家还真没有过。

能往哪儿去呢？母亲说：近一两个月，老头子总是不记事，出门不带钱不带钥匙，带了还弄丢，衣服胡乱穿，吃饭跟小孩一样爱撒，走路也慢腾腾。

听到这里，王有庚一愣，老爸该不是老年痴呆了吧？心里便有些揪揪的。继而一想，不可能啊！老爸身体一直很好，脑子特别灵活。在生产队当了一生的会计，谁不夸他是铁算盘？就说十年前自己刚参加工作，一个小干部在城里没有半块瓦片。若不是老爸在局里守大门兼开个小卖部，房改时哪里能拿出 5 万块钱啊？

那些年，王爹爹不仅门前三包，还包揽了院子里的花草种植。大院路面整得干干净净，花草培育得鲜艳欲滴。局里的烟酒招待等用品自然而然都从他店里拿。他态度和善，深更半夜寒风冷冻，打牌的人出出进进，叫他开门毫无怨言，加上他思维活络，嘻嘻哈哈的，附近的人都照顾他的生意。王爹爹开了八年小卖部赚了些钱，正赶上中学旁边的城区开发，就把孙女的房子也买了。

王有庚没有后顾之忧专心工作，干到副局长那年让老爸辞了门卫，转了小卖部。并让俩老人住到新买的私房照顾孙女。王爹爹闲不住，眼看着学校圈起的四亩多地空着，全部种上了花生，那一年的大丰收，让他乐开了花。谁知第二年学校要搞绿化收走了地，王爹爹郁闷了好久。王有庚动员他学打牌，他输个十几块钱竟要心疼几天；让他去广场学舞蹈，他说一个农村老头子腰板硬，赶不了时髦。渐渐地，王有庚就没再要求他学什么了。

有庚接着当了正局长，工作更忙了，常常脱不开身，回去看二老的次数越来越少，间隔时间也越来越长。

孙女高中住校后，王爹爹的事越来越少，心越来越空虚。总是不停地念叨着：儿子，儿子；不住地在门外等候。这不，等不下去了去找儿子，把自己走丢了。

大家在实验小学找到了恍恍惚惚的王爹爹。夕阳下，他满头银丝，跟在一群放学的孩子后面，走路歪歪扭扭，嘴里絮絮叨叨。看到儿子，他眼睛发亮手舞足蹈。憨笑着点着头，踉踉跄跄跑过来，抖抖索索地掏出个棒棒糖，举到有庚眼前晃着：儿子，看，棒棒糖，来，爸爸背你回家。说着蹲下身耸耸后背等着，霎时间有庚眼前浮现出儿时在父亲背上的情景：生病时爸爸背自己上卫生所；读书下雨时爸爸背自己过河；走亲戚时爸爸背着到达；玩“骑马马”时爸爸在地上爬……王有庚的眼睛模糊了，赶紧扶起父亲，捧住那双枯瘦的手，喊了一声“爸”如鲠在喉。

第二天，王有庚就把老爸送到省医院检查，结果是老年痴呆症无法根治，好在还不很严重，要精心护理宽慰，否则后果难以预料。

医院里王爹爹在楼梯口东张西望，颤颤巍巍，王有庚看着看着，又想起了小时候，不由地走过去柔声说：来，爸爸，我背您回家。

汤罐儿药罐儿

从我出生那天起，就得了一些不雅的外号，比如丫头片子，讨债鬼，小女子。倒不是我没有正名，也不是我的名字不好听，而是因为我是家里第三个女娃。母亲不管别人的眼光，兀自亲我，抱我，背我，牵我，亲昵地喊我丽儿。偶尔，她会叫我一声“丫头”，但不带后缀“片子”，更没有别人那种轻视的表情。

最不喜欢我的是奶奶，她说女娃是讨债的，早晚是别家的人，养也是白养。奶奶的话山里人都信，都这么想，唯独母亲不当回事。母亲认为丫头没什么不好，女子能顶半边天，自己就是个例子。那时候，母亲刚刚有了说话的底气，她参加乡里摘棉花比赛得了第一名，被评为“三八红旗手”，披红带彩地成了劳模。母亲在领奖台上满面红光，奶奶却捂着红肿的腮帮子哼哼，她那最后的几颗大牙被虫蛀得摇摇欲坠。

没想到，获奖归来的母亲会买回两个汤罐。汤罐是瓦窑烧的，土黄油亮，上半部外形像圆柱，下半部像圆锥，可以煨粥，可以煨汤。汤罐一个给了奶奶，一个给了外婆。奶奶接到汤罐的时候，一团嚼不乱的白菜正咽在喉头，说不出话来，眼角却是湿的。给外婆的汤罐是我在腊月送去的，连着两斤送年事的猪肉。那天飘着大雪，外婆切了块肉炒萝卜，然后全部盛进汤罐，煨在火塘里，边做边对我嘀咕：人家说女娃是小棉袄，要我说呢，女娃可是个好汤罐儿。

女娃是汤罐儿，外婆的话好新奇呀，我说给母亲听，母亲叹息一声，“唉，汤罐，可惜没得肉煨”。看母亲的神情，我感觉汤罐是句好话，马上接茬说，“妈，莫着急，长大了，我是您的汤罐”。母亲笑了，以后，凡是高兴的时候一声声叫我汤罐儿。一次，半湾子的人在池塘埂子上乘凉吃饭，母亲脱口而出喊我“汤罐儿”，几个人笑喷了饭。有人打趣：“汤罐，你还打算丫头煨汤你喝啊？”有人附和：“自古以来养儿防老，你还想靠丫头，莫做梦哦”。母亲被抢白得红了脸，我不服气，使劲嚷嚷：“我就是汤罐！等我长大了割肉打鸡蛋，我妈想吃啥我买啥！”

众人哄笑着，有人羞我，“人小鬼大，还没出嫁呢”，有人赞我，“从小看大，嗯，丫头有孝心。”笑归笑，汤罐的外号确确实实叫开了。

或许是一语成谶，母亲的后半辈子真的离不开汤罐。只不过，汤罐里飘出的不仅仅是肉香，还有袅袅药香。母亲年轻时好强，赢得的荣誉不少，却累坏了身体。年近半百的时候贫血严重，胸闷眩晕，我用汤罐给她煨筒子骨、炖银耳花生汤；不到六十岁，她得了慢性支气管炎，咳嗽气促，我给她熬中药、蒸雪梨；年近古稀，气管、肾脏、腰椎、颈椎，体内一个个零件渐次出现毛病，甚至给她带来无限荣誉的双手也颤抖起来，她需要很多药物来控制疾病。我每每在厨房里忙碌，母亲温和地看着，只是不再喊我汤罐儿。

其实，在我心里，多想成为母亲的汤罐，炖汤熬药，只要老她人家需要我都乐意去做。可母亲不肯喝肉汤，怕长胖，怕血压高，怕中风拖累了我们。但是，再苦的药，母亲都一罐罐喝下，她说药汤治病，自己健康了，才是儿女的福气。

为母亲留个影

母亲年过花甲，常说自己是劳碌的命，清闲不得。这不，收了粮食到城里才玩了一个月，摸出小肚子上有个硬结。

硬结也梗在母亲心里，眼睛红肿着，问她有没有不舒服她摇头。只念叨村里谁长东西开了刀，谁得癌症走了，说着说着掉眼泪。我说重阳节到了，带您出去玩玩？没想到母亲答应得很爽快，提出要去就去武汉，不玩，只检查下身体。一家人才知道母亲肚子上有个包，怠慢不得。

出门时母亲穿了一身新衣，还提了包衣服，我问这么好的天，带那么多衣服做什么。母亲说，不管检查啥结果，想照几张相。原来母亲做好了最坏的打算，想用照片留住亲人的记忆，而家里的相册相框那么多，竟然没有她像样的相片。

检查异常顺利，母亲的包块是脂肪纤维瘤，因为小，医生建议观察。母亲心里的石头落下地，急乎乎地要回家说嫌在城里每一分钟都要花钱。好友特地从汉阳赶来，说刚买了好相机，不管怎样，玩下照了相再走。母亲点头，乐呵呵地说客套话。

去哪里呢？母亲从山里出来，最好看看水。好友说去江滩吧，芦苇正茂。母亲犹豫，说江滩以前去得多。我补充解释，江滩是我结婚的地方，也是一家人散步最多的场所，换个地。好友说，那就去东湖！母亲说，东湖好，适合老年人，以前我大伯就在那里疗养。

东湖好，天气也善解人意，多云不阴不晒。母亲坐车到处望，下车走得欢。到达东湖大门，挺直腰板，双手并立，中规中矩地照了第一张照片，仿佛特地是来东湖站岗的。朋友指着导游图说，武汉东湖是中国最大的城中湖，景区面积73平方公里，有4个景区，时间有限，我们只能看一个景点——听涛区。

好好，娃哪，给你添麻烦了，让你请假陪着我。母亲的客套话里掩饰不住欢喜。

进门有游车，母亲不坐，说走走看看可以照相。路边的名贵树种很多，在高大的树干上靠靠，在繁茂的枝桠下庇荫，在黄绿相间的落叶里行走，每一个瞬间都是精彩的回放。母亲的表情先是呆板的，拍着拍着，笑容自然了，手脚放开了。譬如湖边的杨柳，那么软，那么柔，她像割稻一样抓一大把两手擎着，如荡秋千。朋友说，干妈，您莫想着我在拍你，好好看景色。母亲去看湖，说好大哪，望不到边。我就想起很多词语，像烟波浩渺、碧波荡漾、波光粼粼，又想起几句诗，如“江天一色无纤尘”、“水光潋滟晴方好”。母亲顾不上我在想什么，她沉浸在自己的世界，用最简单的词语惊叹，看啰，好多藕叶。母亲说的藕叶是“接天莲叶无穷碧”的莲叶，或者是“荷叶罗裙一色裁”的荷叶，农村吃的是藕，直观地称藕叶。藕叶在枯萎，枫叶正红火，秋菊正绽放，母亲在说笑间留影，渐渐入镜了，谁也看不出她是年过六旬的农村老太。

挽着母亲的手，湖畔杨柳依依，湖心汽艇疾驰，走过石板路，登上石拱桥，再在满眼的秋色里踏进青草地，暖暖的心霎时间慵懒起来。母亲坐下换了件外衣，我趴在她腿上，捻一根青草在嘴里咀嚼，如品琼浆。阳光、青草、母亲，现世安稳，时光柔软，母亲微笑，我痴迷。

一直为生活所累，心事重重，脚步匆匆。若不是母亲生病，哪里想到陪她坐在湖心亭，醉卧青草地？在静谧的时刻，闻闻青草的味道，顿悟春晖的恩泽；听听落叶的低语，回报母亲的深情。仿佛应验了人生的轮回，儿时的我做梦都想生病，巴望忙碌的母亲陪我片刻。如今，年迈的母亲又何尝不希望子女们慢下脚步，瞅瞅她日渐衰老的容颜。

时光留不住，只能捕捉瞬间的欢笑。母亲说，今天我把一生的相都照了。

我庆幸母亲没有大病，我还有机会为她留影。但岁月无情，每过一个九九重阳，母亲就向暮年迈近一步，她的有生之年越来越少。照片只是个念想，心里有她，把自己留在母亲身边，陪劳碌的老人走一走坐一坐，这才是我们做儿女的本分。

树　洞

前面是无边的大海，后面是陡峭的悬崖——惊叫，逃离，坠落……

又是一场噩梦！徒然坐起，他摁住暴跳的太阳穴，拉开厚厚的窗帘。街灯蓦然射进房间，床上全套的高级丝棉被套发着诱人的光芒，他曾无数次把自己埋进去，仍然是辗转反侧，噩梦连连。

夜雾正浓，霓虹灯闪闪烁烁。他倚着窗台，点燃香烟大口大口地吸着，极力想咽下内心的郁闷。然而，从鼻孔口腔里钻出来的烟雾，张牙舞爪般蚕食着他，将他浓浓包绕。他想不起是从什么时候开始失眠、开始消瘦憔悴的。烟头烫着了手，把他从沉思里拉了回来。就在那一刻，他想到了一个地方。

抓起衣服，他在密码箱前犹豫了一下，随即拎起，驾车启程。

小车一路飞驰，城市在夜色里渐渐隐去。他要去的是乡下外婆的老屋，尽管外婆去世多年，那里仍然有他解不开的情结。

小时候，外婆做好早饭，喊他不醒，用手咯吱他，他睁开惺忪的睡眼就能看见外婆的笑脸，闻见米饭的香味；外婆在田间劳作，他睡在田埂，流出的口水被蚂蚁拖出歪歪扭扭的长线，而最难忘的是那个树洞——他的个人王国。

太阳露头的时候，熟悉的村庄出现了。袅袅升起的炊烟，把他的心撩得暖暖的。

下车踏着树叶青草，走到屋后的梧桐树下。头顶上，树叶哗哗作响，一片黄叶滑过他的衣襟，飘落在地，他弯腰去拾，晨风吹过树洞，发出嗡嗡的回音。他不由得瞅着树洞发怔，这就是小时候的那个树洞吗？梧桐树更粗大了，而树洞却那么小。他揭下一块斑驳的树皮，恍惚间，外婆走过来：宝儿，藏什么呢？

他慌神了，赶紧掖着，却没掖住，那些小刀、弹弓、鹅卵石、小人书、铅笔头，一股脑儿往下掉。

外婆就笑：傻宝儿，咋喜欢这树洞呢，不怕黑呀？

他不怕黑，和小朋友捉迷藏的时候，他爱躲进树洞，贴紧树壁；有心思了，他在树洞里写写画画。外婆说妈妈是踩着这棵树去了天上，他就画仙女一样的妈妈，舞着水袖，踩着白云。偶尔，他画一个男人，用小刀刻他的名字，刻完又削掉，眼泪随着树皮屑一点点向下掉。

树洞藏着他所有的秘密，爱或恨，痛或笑。

现在，他很想把秘密卸下，像小时候那样藏起，然后安然入睡。他为自己的想法激动着，返身从车里抱起密码箱，试图塞进树洞。箱子露出小半，他蹲下再塞，依然没有进展。忽然，眼前亮光一闪，他发现洞角有片茶色玻璃，不，是块眼镜片。

放下箱子，他拾起玻璃片擦拭干净，举到眼前。太阳下，镜片发出诡秘的光，照着他的脸变形、扭曲。

难道相由心生？他的心猛地一颤，手背垂下来，镜片在掌心刺痛。

三十年前的一幕如在眼前。那天，比他大两岁的铁蛋要他的小刀，他不给，铁蛋就骂："你妈是吊颈鬼，你是个小气鬼，不和你玩了……"他躲进树洞，一刀一刀刻那个名字，又一刀刀铲平，他恨那个男人，用小刀一下下刺他。他哭着叫着："叫你不要妈妈，叫你丢下我，刺死你，刺死你……"他不知道有个过路的，在树后站了很久。

听见外婆的喊声，他赶紧抹去泪水。在他转身的时候，看见外婆在和一个戴眼镜的男人说话。不知那人说了什么，只听外婆怒气冲冲：他还是个娃娃，懂什么？那人直摆手，您消消气，我是算命的，好心帮他化解。

你算啥命啊？这坐牢的话，能随便说吗？走——你走，我不想听！外婆嚷着使劲推那个男人，那人一歪，眼镜滑落在地。

他以为外婆受了欺侮，冲过去使劲蹬地上的眼镜。若不是外婆制止，他恨不得对那人又抓又咬。外婆撩起衣角擦眼泪，他捡了块碎片，瞪着男人，小拳头攥得生紧。那人摇摇头，叹息一声，走了。

直到外婆临终前，才拉着他的手说，宝儿啊，你要争气，千万别被那算命的说中了。他说，你面相不好，搞不好会坐大西北的牢……

工作后，凭着努力，他成了金融高管。但他骨子里有种不安分，喜欢走偏门，认为灯下黑，最安全。

半晌，他把镜片放进贴身的衣兜，打开密码箱，取出一叠文件在树洞前点燃。外婆的笑容在火光里闪现，那跳跃的火苗多像一道道舒展的皱纹。

烧掉他为外企老板操纵某支股票的所有策划后，他靠在树洞旁，不一会，鼾声如雷。

赤裸的爱

她要走了。

堂屋里，几个年长的嫂子在地上铺着稻草，稻草铺好后，再铺上一床旧棉被，她们默默地做着，为她的远行做着最后的准备。

门外，他叔压低了声音，安排几路信使，就两个时辰的光景了，谁去东边，送信给哪几个人，谁去西边，送信给哪几个亲戚。

房间里有点暗，许是屋顶的明瓦积了灰尘，抑或落满了树叶，灿烂的阳光照射不进来。

她脸上的颜色也渐渐暗淡，他抱着她的头呜咽，而她正在弥留之际，感觉不到他的眼泪，听不见他的呼唤。

柜子上的老式座钟发出喑哑的呻吟，她太年轻，才三十三岁，生命已到尽头。

他是她的男人。二十五年前，他们相识在门前的小河。小河弯弯，滋润着两岸的稻田，也孕育着岸边的村民。他们的村庄隔河相望，八九岁的孩童，在农村是放牛打猪草的年龄。河底长的扁担草是猪最爱吃的，男孩女孩，一边玩水，一边捞草。

河中心里的扁担草最多，最肥厚丰美，在清凌凌的水里摇曳，诱得她心痒痒的。她不敢去河心，望着肥美的扁担草发怔。他像一条幽幽的黑鱼，悄无声息地潜过来，光溜溜的身子碰着了她的大腿。她吓得惊叫，叫声在河湾的水面上久久回荡，把河水震起了涟涟的波纹，把扁担草震得浮上了水面。她惊奇地看见，一片片的扁担草从水底下升上来，把她围满了，那些扁担草，起着薄薄的涎，绿油油的，滑腻腻的，缭绕得她的身子凉丝丝的。她惊慌地眨着眼睛寻找，冷不丁的，他从水草里钻出来，如一条油光光的黑泥鳅。他望着她傻笑，她也笑。笑过了，他双手张开，像两架网，把水草拢到女孩的河岸。

以后他们常常在河边打猪草。猪草打满了，太阳在山顶摇晃，他说：你把衣服脱了，我教你游泳。她趴在水上，他托着她的肚皮，她扑腾着，激起的水花溅在他眼睛里，他用手去擦，她很快下沉，他慌忙抱起她，两条光溜溜的身体就磨在一起，滚动的水珠在阳光下泛着白光。

再后来，他们长大了，男孩成了她的男人。他没有什么奢望，守着几亩地，女人也没有什么奢望，守着男人。他们养了三头猪，他负责打猪草。她洗衣做饭，喂猪养鸡忙里忙外。从不见俩口有什么争吵。当村里竖起一幢幢漂亮的楼房，他们仍然住在那间连三的瓦房里，日出而作，日落而息，也不见有很多忧愁。

日子如静静的河水缓缓流淌，她怀孕了，脸上闪着幸福的光芒。他去河边更勤，打回的扁担草在天井口堆成小山。她把猪食倒进槽里，两头大肥猪快要出栏了，闹哄哄的。打开栅栏，她手撑着腰，很惬意地看它们奔跑、抢食。旁边小槽里的猪食拌有麸皮，小猪吃得很欢，摇着耳朵发出畅快的哼哼。两头大猪不时扭头看看它、拱拱食，突然冲过去咬跑了小猪，便咄咄吃起来，小猪绕着猪槽转着圈嗷嗷叫，试图抢，大猪再咬。她心急去赶，扁担草在脚下很滑，她摔倒了，重重地跌倒在青石板上。看见血，她惊恐，哭喊……

他回来，看见血染的她。把她送到医院，六个月的儿子已经夭折。

他们不再养猪，她也没再怀孕。

他们还是去河边，河道窄了很多，河水也不再清澈。夕阳一点点往河里坠，女人靠在男人的肩头，女人说：真想你再教我游泳啊。男人摸着她尖尖的脸颊说：你这么瘦，浸不得冷水的。等你身体养好了，我们再来玩。女人点头：嗯，月子里落下的病根，会好的。

可是，女人的身体日渐虚弱，伴随些许不能忍受的不适。她很平静地让男人陪她去医院，检查结果是晚期绒癌脑转移。就这样女人的生命由年到月，由月到天，现在只能用时分计算。

堂屋的地铺已打好，那是她咽气的地方，她不能死在床上。许是回光返照，许是男人的搬动惊醒了女人，她苍白的脸显出了红润，空洞的双眼恢复了往日的灵气，她扭过头，目光定格在男人身上，随即艰难地抬抬手。男人一手抚着她的头，一手与她相握，男人说：有什么话你就说吧！女人气若游丝：我要死了，我现在，就想，像小时候那样，脱得赤条条的，让你抱着我游泳……

男人默默地脱去两人的衣服，轻轻地、柔柔地，抱住女人。女人闭上眼，水浪一波一波，轻轻拍打着他们……

——她走了，脸上满是安详。

鞋 梦

二十多年了，肖天常常梦见莲儿。

那梦若即若离，亦真亦幻。

牛儿在山坡吃草，莲儿眼馋，说：天哥，看，好嫩的草啊，牛儿吃的多开心，我也想吃一口。肖天就笑着跳着去抽毛针，毛针绒绒的，闪着露水，剥开喂给莲儿，吃在嘴里软软的、甜甜的。

莲儿调皮，说：天哥，我要骑在牛背上。肖天就弓着背当梯子。

树林里阳光一缕缕射下来，莲儿躺在草丛里，脸上有梦幻般的色彩，莲儿梦呓：天哥，我好想跳舞，好想有一双金花姐姐那样的绣花红鞋呀。

透过树林的阳光一晃一晃的，如缤纷的万花筒。肖天揉揉莲儿起茧的小脚板，心里萌生了个愿望。

涨水了，肖天背莲儿过河，莲呼出的热气暖得脖子痒痒的；石子路上，肖天要背，莲儿咯咯笑着跑着。

追着，喊着——肖天就醒了。

肖天打开店门，清晨的阳光照在“天哥童鞋店”的匾额上，分外醒目。

这是江城硚口很热闹的街面，平整宽阔。肖天的鞋店在青莲小区附近，街道上雾还没散尽，上班的人和读书的孩子脚步匆匆；老头老太悠闲地去逛菜市场。

妈妈，我要看鞋鞋，快进来呀！门口的小女孩奶声奶气地叫喊着，一蹦一跳就进了肖天的店，随即跟进一个女人。

电脑里放着电视剧《似水年华》，肖天正看得带劲，听到声音就仰起了头。只见小女孩站在鞋柜外面，顾盼生辉，那双忽闪的大眼睛似曾相识。

妈妈，爸爸喜欢带我买这里的鞋鞋，可他还不回。

女孩说着，转身去看女人。肖天也循着去看女人。

“莲儿”！肖天一惊，差点叫出了声。

女人很平静，微笑着，她似乎并不认识肖天。

二十年了，肖天有些恍惚，也不敢确定她是不是莲儿。

莲儿没有妈妈，五岁随爸爸来村里教书，八岁那年，爸爸平反后带她回了省城。

莲儿走时哭得像泪人，莲儿说：天哥，你一定要来找我！

肖天抿着嘴使劲点头。莲儿眨巴着眼睛说：那，我们拉钩！

车要开了，莲儿跳下车，跑回来喊着：天哥，我会回来的——

妈妈，爸爸怎么还不回来呀？女孩的话把肖天拉回到现实。

女人皱了皱眉，俯下身哄着女孩：爸爸忙，很快会回来的，今天妈妈给你买鞋。

玻璃柜里，童鞋琳琅满目，女人一眼发现了那双绣花红布鞋。

女人弯下腰帮孩子试穿，肖天忽然发现她耳后有颗粉红的肉痣。

曾经莲儿说：天哥，记住呀，我耳后的痣，走到哪里你都会找到的。

事实上，每次藏猫猫肖天都能找到莲儿。竹林里，山坡下，柴草堆里，或者小巷角落，肖天找着找着，躲着的莲儿忍不住笑出了声，肖天就伸手去拉……

女人按标签给钱，肖天的手伸着，傻傻地并没有接钱。

女人脸绯红，把钱放在柜台，牵着女孩走了。

肖天追出门，多想叫出来：莲儿，我就是你的天哥啊！

一切，如鲠在喉。

以后的日子，肖天常常坐在店里，眼盯着外面。

他又看见了女人，从小车里出来的除了小女孩还有个男人。

他们进了青莲小区。那是属于家的地方。

肖天没有成家。初中毕业那年奶奶去世，他就去了南方，在皮鞋厂干了七年，从工人到销售部经理。他只有一个梦想，赚足了钱，开个鞋店。

他知道莲儿在江城，他选择了青莲小区，这样离莲儿近些，更近些。

可是多少次，莲儿近在咫尺，他不能相认；多少次，莲儿在梦里，他喊不出，叫不应。

肖天贴了“转门面”的告示，他要离开江城。

突然一天，警车叫嚣着驶向青莲小区，在刺耳的警笛声里，人们让开了一条道。不一会儿警车呼啸而过，扬起了一地的尘埃。

门外传来孩子声嘶力竭的哭声。肖天探身大街，他惊呆了。他看见女人抱着女孩随车紧跑。那是莲儿的身影，那是莲儿的声音，莲儿说：天哥，我会回来的！

可眼前分明是女人，正喊着一个陌生的名字悲痛欲绝。孩子哭着闹着蹬着腿喊爸爸，要爸爸。

女孩在妈妈怀里挣扎着，红鞋子挣脱了一只，看热闹的人流从鞋上踏过。

肖天默默捡回了鞋子，抚摸着，心如刀割。他多想靠近莲儿，把肩膀给她。可是他不敢太冒失。

街坊议论说警车带走的是小女孩的爸爸，因为他赌博挪用了公款。

肖天收起红鞋子，他想等到那天见到莲儿，就告诉她关于鞋子的梦。

可是他再也没有见到莲儿，邻居说她的房子被没收了，不知去向。

肖天又开始做梦。梦里，肖天把鞋子小心翼翼地穿在女孩脚上，莲儿靠在他肩头，泪水扑簌簌地落下。

幺姑的爱情梦

幺姑老幺，古灵精怪，有人叫她“能豆”；幺姑爱俏，长相又漂亮，有人叫她“小妖精”；幺姑嘴甜会哄人，有人叫她“小条陈”。

村里人说，从小看大，这娃啊，可不得了。屁大点爱照镜子，学着姐姐过滤稻草灰洗头，用炭笔画眉毛，用口水蘸红纸涂嘴唇，天知道长大会成什么样子呢。

别人怎么叫，怎么说，幺姑可不管。幺姑在伙伴中像个彩蝶，招摇炫目；幺姑又像个蜂王，动不动蜇人。幺姑有的，伙伴们都想有，比如跟风编麻花辫，插野花；幺姑没有的，伙伴们也想有，比如细眯眼单眼皮，因为幺姑说了，单眼皮在书上叫丹凤眼。

跟着比着，伙伴们渐渐失去了心气。就拿读书来说，在穷山沟，哪个能像幺姑一样继续升初中呢？她哥哥在部队当官，姐姐是裁缝，有钱上学还能穿漂亮衣服，像个小公主。

幺姑在镇初中上学，很快认识了邻村的明辉。明辉是独苗，上有一群姐姐，是家里的宠儿。他长得瘦瘦高高的，成绩也拔尖。两人同路，走着说着，偶尔一对眼，幺姑脸就潮红。幺姑已经到了泛潮的年龄，常常莫名其妙地心跳，不由自主地窥探发胀的身体。幺姑越长越俏了，一双眼睛能勾魂；幺姑也越来越爱美了，裤缝用姐姐的火熨斗烫得笔挺。在路上，有同学对幺姑吹口哨；在班上，有同学给幺姑送情书。幺姑不理，只拿热热的眼光窥明辉，明辉埋进题海，浑然不觉。

初三毕业，没考上一中的幺姑被哥哥带进了军营。女娃子当兵，在山沟里掀起了不小的波动，连傻傻的明辉也怅然若失。明辉开始想象外面的世界，猜测幺姑每天做些什么，明辉甚至想，幺姑会不会偶尔也这样猜测我呢?

想归想，明辉没想到探亲回家的幺姑会来一中。幺姑一身戎装英姿飒爽，帽徽肩章惊艳了一群高中生。她用悦耳的普通话打听明辉的班级，落落大方地走近他。明辉像在梦里，随幺姑走，又傻傻地和幺姑挥手告别。怔了好久才发现手里有个包裹，打开看是一套男式军装和一封信。幺姑写着，明辉，喜欢这套军装吗?喜欢就穿，保证考个好大学，跳出农门，做城里人。明辉回了封信后，毅然穿上了军装。

这以后，明辉常常收到部队寄来的信和汇款。幺姑到部队改名字了，单字一个丽，明辉叫她丽儿。丽儿早已不是过去的幺姑，单眼皮割了双眼皮，小眼变了大眼。过年回来，她像朵雪花潜入明辉的房间，翻翻厚厚的书籍，摸摸获奖证书，明眸皓齿，顾盼生辉，一颦一笑，灿若星辰。明辉常常想着心里的丽儿，可当她真的在眼前又缺乏底气。心里揣了只兔子，低着头，用余光去瞟。哪想，丽儿正用火辣辣的眼睛瞥自己。电光火石般，两双眼碰撞、闪躲、游弋。土墙上的年画，女明星眼迷唇红；木窗外的大雪，苍茫迷蒙。一切太静了，心脏“砰砰，砰砰”，一下一下，仿佛要从厚厚的棉衣里跳出来。是谁走向谁的?是谁先伸出了手?这么紧!哦，傻瓜，你把我的手捏疼了!丽儿猛地抽出手，憋着红彤彤的脸嗔怪，看，我的手都是红的。明辉还没解释完呢，丽儿早没影了。

丽儿没跑多远，她在村口的槐树荫下呢!那是《天仙配》里土地公公给七仙女和董永做媒的地方。丽儿在祈求土地公公，傻傻的明辉怎么知道呢!

把家安在柳岸春城

彩霞嫁给堂弟时刚刚20岁。老家地处孝昌西北角山区，是孝感的西北利亚，好多媳妇是外地的。彩霞高中毕业，和许多在深圳打工的年轻人一样，在电子厂与堂弟相识相恋，情投意合，跟着堂弟回来过年。彩霞的娘家并不远，在孝感西城，几个小时的车程，就是不敢回家。她爸妈都是有脸面的小学老师，不希望女儿嫁给初中生，更不准独女嫁到穷山沟。彩霞性子倔，来了就不走，还生了个儿子。堂弟等彩霞满月后抱着儿子拜见岳父岳母，老人丢给他们要补办结婚证的户口本，就是不准进门。

我三妈死得早，彩霞从一个不会做饭洗衣的城里女娃变成了村妇。除了家务，还学会了农活。村里偏僻，即便是从安徽、河南来的媳妇，一年也回一次娘家，彩霞只是暗暗流泪。起初她给娘家打电话，爸妈语气坚决，说没有她这个女儿，直接挂断。儿子学说话，彩霞首先教“家婆，家爹”，还拨通电话让儿子喊，那边没有说话声，可分明有抽泣。彩霞从小就是爸妈的心头肉，掌中宝。她知道伤爸妈太深，就想努力赚钱，把日子过好。

堂弟是建筑架子工，成天在脚手架上作业，虽然危险，但工资高。彩霞把2岁的儿子留给我三爷，又进了深圳的电子厂当文员。干到腊月，两口回家盖了新房。房子装修成功，彩霞给爸妈打电话，第一句就是：“爸，妈，我有新房了，和西城家里的房子一模一样！辉辉心肠好，肯吃苦，对我不知道多好。”听到电话那端轻轻的“嗯”字，彩霞喜极而泣。

正月初四，是给娘家妈拜年的日子。彩霞叹气，“儿子三四岁了，连家婆家爹都不认得。”堂弟说：“那就去吧，我带点好烟好酒。”到西城，彩霞指着一栋栋拔地而起的高楼说，“看，那里以前是河滩，小时候我常在草地打滚、采花，在河里划船；这边以前是庄稼地，我上学还是土路，现在规划了，变化好大呀！”彩霞一路看一路讲，到娘家门口，让儿子先进门喊家婆。孩子甜甜的叫声软了老人的心，抱起外孙，假装没看见身后跟着的女儿女婿。

吃饭时，彩霞妈妈逗孩子，彩霞爸爸闷头喝酒，堂弟陪着喝，敬一杯，又敬一杯。看着岳父的脸红润了，堂弟斗胆说：“爸，我对不起您！不管您老么样看我，我绝不会亏待彩霞，也绝不会让您老看轻！”彩霞爸狠劲说：“要我不看轻你可得，除非——你把家安在柳岸春城！”堂弟端起酒杯一饮而尽说：“好，您老给我5年时间，5年之内我在这里安家！”

春节过完，堂弟和彩霞又要出门，没想到彩霞妈妈打电话叫把孩子送去她带。一家人走在柳岸春城，溪水亭台，碧树蓝天，清幽的环境把快乐塞得满满的。彩霞爸妈说：“咱西城好，彩霞，你是在这长大的，是不是一天一个样？看这健身场所、亲子乐园，大人有锻炼的，孩子有玩的。马上要建幼儿园，配套设施一流，把小伢留在这里受教育多好。你们就在这儿选一套房子，我两老拿8万块钱付个首付，按揭的贷款你俩慢慢还。”

堂弟想起自己的承诺，握紧彩霞的手大声说：“谢谢爸爸妈妈，等把家安在柳岸春城，我们一定做孝顺的孩子！”

幸福的柠檬

汉口火车站人潮涌动，她挽着他，牵着小女孩，上了开往成都的列车。

这是一家三口。他戴副墨镜，她白皙偏瘦，两人紧挨坐着。女孩三岁左右，东瞧瞧，西看看，从这个座位跑到那个座位。

火车越过了旷野、群山、桥梁，又穿过隧道，车厢里的光线明明灭灭。

孩子在她怀里睡着了，她也靠在他的肩头。

车厢里很静，仿佛能听见彼此急切而压抑的心跳。

她很想开口说话，却不知道该说什么。她怕自己无意之中触动了敏感的他。便伸出手指，轻轻抚摸他紧锁的眉头，他让了一下，发出一声轻叹。

他们相识于武汉大学，因为一次郊游而走近。那天爬武当山，半道上她又累又渴，他追上她，递给她一个军用水壶，说，快喝，我为你提包。

她笑笑，拧开水壶就喝起来。很快，她皱眉直叫，什么水呀？好酸，好苦！

他笑，嘿嘿，这是我泡的柠檬茶，止渴生津，还美容呢！

她咂咂嘴，感觉真的不渴了。问他，你是四川的吧？

他走在前面，扭头说，四川安岳，知道吗——柠檬的故乡。

她摇头，说，我们湖北好像没有柠檬。不过，从书上知道一点。

他就陪她慢慢走，说安岳的柠檬树，遍山遍地，葱葱茏茏；柠檬果金黄饱满，汁液润泽，是美容佳品。他说你如果去了，用柠檬做面膜，会成为《天仙配》里的七仙女。

她笑，有那么神吗？

他眨眨眼，不信？回去我给你柠檬试试。

那以后，他常常送来柠檬，新鲜的她做面膜，晒干呈片状的泡茶喝。在她面前他表现出四川人固有的勤劳、热情、聪明和干练。他能把她照顾得无微不至，能以优异的成绩毕业，能凭自己的能力留在武汉。

结婚后，为了在武汉拥有自己的房子，他拼命工作，连带她去看柠檬都忘记了。他一路顺风，从科员干到主任，她也在单位和家庭之间忙忙碌碌。

知道她怀孕没胃口，他偷偷让父母从老家托运来一筐新鲜的柠檬。她笑他有恋家情结，柠檬在武汉可到处买得到。他一本正经地说，那不是正宗安岳的，安岳的柠檬珍贵，大量出口，一般人是吃不到的。她吃了一口他剥开的柠檬，故意夸张地说，啊，老公，再也没有比柠檬更好吃的东西了！他更得意了：我说吧，什么时候带你回去到树上挑选，那才有味道呢！

他还没有兑现自己的许诺，就出事了。

她永远记得那一天——2008 年 5 月 12 日 14 时。

当突如其来的地震袭来，大地在颤抖。正在外面应酬的他想起家里的妻儿，不停地给她打电话，却无法接通。他心急如焚，忘记了那是午睡时间。他借了朋友的车发疯般向家里开。街道上到处是人，人们惊慌的神色更增加了他的忧虑。突然，从十字路口跑过来一个老婆婆。他猛打方向盘，小车撞向了栏杆……

老婆婆幸免于难，碎了的挡风玻璃片刺破了他的双眼。

灾难来得那么突然，原来是老家四川发生地震，临近的几个省市都有震感。那次意外事故后，他的眼前一片黑暗，变得郁郁寡欢。三年了，她为他四处求医，效果甚微。一个北京的眼科专家被她的真情所打动，答应亲自为他做手术试试。手术定在一个月后，专家说成功与否还得靠病人自己。

她知道依他目前的心境是无法配合手术的。安岳是他的根，换个环境，或许能换种心情。她对他说，现在柠檬成熟了，我们去老家玩玩吧，你可答应过我的。

车厢里很静，乘客们眯着眼睛在打盹儿。他摸着她瘦弱的身子叹气说，唉，早就说了带你回老家的，没想到是这样回去。她想说，是啊，要不是你眼睛受伤，我们哪有时间啊？话到嘴边又改成了：说说你的老家吧，我先感受一下。他就说起柠檬，说柠檬是安岳的宝，养育了父老乡亲，也让自己有钱读书，说有时候梦中还在摘柠檬果呢……他说着，嘴角漾起了笑意。

她看着他，记起他曾说过柠檬水能清肝明目，就说，回去后你去摘，我来切，我们晒好多好多的柠檬片。到傍晚的时候，一家人坐在院子里，我读书你听。他说好啊，那就读海伦·凯勒的《假如给我三天光明》……

火车向前方疾驰。酣睡的孩子露出圆圆的笑脸。

真爱，在废墟里萌生

林枫医生要去地震灾区救援！这一消息迅速在手术室炸开了。

在我们手术室，护士姐妹说得最多的是林枫。说他浪费了外科“一把刀”的美誉，可惜了又高又帅的“品相”，无房无车还不解风情，绷着一张脸，不懂怜香惜玉，活该当28岁的剩男。姐妹们说的时候眼睛熠熠闪光，语气是又爱又恨。

我是新来的，姐妹们怎么说，我怎么听，嘴上不说，心里还是好奇的。我悄悄观察过林医生做手术，他用修长的手指沉稳地紧捏手术刀，果断地划出切口，整个手术干净利落。有次把我看得入迷，忘了及时监测病人的血压，林医生瞪着我，眼里差点冒出火来。

有本事就该耍大牌脾气吗？我有些委屈，你耍大牌我敬而远之总可以吧？可云南鲁甸发生地震，救死扶伤是医护人员的天职，我当然和姐妹们踊跃报名。院办通知下来了，任命林医生为医疗组组长，5名队员由他挑选，我被列入其中。

我们从昆明出发，到达鲁甸震区，到处山崩地陷，楼塌屋倒，满目废墟。地震和大雨造成了山体滑坡，道路受阻。疏通一段、通车一段，走走停停，折腾了一夜，最后我们不得不扛着医疗设备徒步进入龙头山镇。幸好带的东西少，除了必备的压缩饼干，衣裙和化妆品全免。沿路可见受伤的人群，流血的伤口。镇卫生院连走廊和大厅都住满了人，等候的伤员仍然在增加。

“又调医生来了，好啊，咱们有救了！”看见我们走进临时救治帐篷，有人叫起来。林医生放下背包，扫了一眼帐篷里搭建的手术床说，“这里是离一线最近的医疗点，多数伤员会先送过来紧急治疗，我们六个人，马上分三个组，每组两人，按伤员受伤程度分别处理。邱兰，你当我助手，快点领病人进来”。我来不及细看由桌椅搭建而成的床铺，抽出一次性床单铺开。首先进来的是个头部被砸伤的孩子，血顺着脸颊脖子向下直流。林医生用镊子拨开他被血浸染的头发，找到伤口，消了毒，我赶忙递上剪刀，却被他用镊子狠狠一击——“戴手套!”我的手震麻了，林医生像没事一样，换了把剪刀剪掉伤口上的头发，缝合、包扎、固定。完毕，扶起小孩，示意我送出去叫下一个伤员。没等我叫，一个腿部血肉模糊的老人已经躺上来了。老人的小腿开放性骨折，黑瘦的腿部裹挟着血水、泥水里，翘起的骨头像狰狞的虎口，看得我发怵。林医生看了我一眼，抢过手术包说，“一边配药去，我清创完了你再来!”我把药配好才挂起，帐篷忽然摇晃起来，搁在凳子上的治疗盘“咣当”一声掉在地上。我有些眩晕，还没明白怎么回事，就听老人喊：“又地震了，快跑啊!”林医生扶住嘎吱作响的手术床，安慰说：“不怕，包扎好了再走!”又指指地上的治疗盘，我弯腰去捡，帐篷又摇晃起来，夹杂着篷布的噗噗声和桌椅的磕碰声。“床要塌了，放我下来!”老人拍着床挣扎。林医生叫我按住老人的腿部，边包扎边说：“没事，有我们医生在这，您老莫怕!”帐篷晃了几下后平静了，老人安静下来，余震也平息了。林医生大汗淋漓，我拭去他额头的汗水，他抱起老人，我跟着一手托伤腿，一手举吊瓶，配合着轻轻地放在担架上，抬到帐篷外。然后我把输液瓶挂在树上，让老人在树下躺着，等待送往医院手术。

直到天黑，我在帐篷里进进出出，不知道接待了多少伤员。伤员太多了，每个都是血淋淋的伤口，不说心电监护仪，就是血压有时候也来不及测量。对于伤势轻重的判断和应急处理，完全靠林医生的临床经验。他冷静的脸庞，坚毅的目光，微微上翘的嘴角，总能无声地带给人希望。有一阵断电，我去拿手电筒，看到包里的饼干，才记起 6 个多小时没有吃喝。

我悄悄绕到林医生背后揭开他的口罩，把两块饼干塞到他嘴里，他笑笑，大嚼起来。

再次来电，外面喧闹起来。容不得休息，伤员一个接一个进来，又一个接一个被应急治疗。没有时间概念，没有饥渴意识，分分秒秒都是生命的救护。当八月的骄阳再次在头顶高照，我才发觉我们整整工作了24个小时。午休时分，伤员明显减少，林医生让大家轮流休息。

一听说叫我休息，我紧绷的弦拉断了，一头倒下呼呼大睡。不知过了多久，饭菜诱人的香气袭来。我睁开眼，林医生端着饭碗正在看我。迎着他关切怜惜的目光，我发蒙了。同来的姐妹哄笑起来，“邱兰，难得林大医师献爱心，你还在梦游啊?”林医生看我发窘，嘿嘿一笑，“饿了吧，快吃!”也许是为了缓解气氛，他接着问，“邱兰工作时间短，大家猜猜，我为什么把她带来?”“不会是你早就看上她了吧?”一姐妹打趣说。“对，也不全对，”林医生卖了关子，又转向我说：“兰兰，你不知道吧?有次坐公汽我在最后面，看见你为打瞌睡的乡下老人擦嘴角的口水，我好震撼。那件小事让我认定你是个有爱心的女孩，咱们医护人员就是需要爱心，多一份爱心多一份生的希望……”

林医生还说了什么，我没听见。我的心早已怦怦怦，飞出体外不属于自己了。

绣

好美呀！看呆了的娟子发出了一声惊叹。

一山回过头，冲娟子调侃道：是吗？说说美在哪里？

美在一笔一画间。你看，初升的太阳，静穆的房屋，屋顶的炊烟，门前的鸡鸭，屋后的翠竹，村边的小池塘，池塘边的杨柳，杨柳上的露珠……多好的一幅山居图，我仿佛闻见阳光的味道，品尝到甘甜的雨露。娟子描绘着，如醉如痴。

真是琴台遇知音啊，知我者，娟子也！其实，电脑绘图很容易的，来，我教你。娟子的赞誉让一山飘飘欲仙，主动抛出了橄榄枝。

算了吧，一山不容二虎，我不能抢了你的饭碗，咱们在办公室里还是保持距离，各司其职。你若有心，就把图片打印出来送给我。关键时刻，娟子又恢复了平素的矜持。

好啊，美女喜欢，理当奉送！

捧着山居图，娟子想起了遥远的小山村，想起了外婆。

外婆是山里有名的绣女，她绣女子的头巾、围裙；嫁娘的枕套、被面、绣花鞋；男人的香包、鞋垫；孩子的帽子、围脖。只要阿根爷爷能画出来的，她都能绣得活灵活现。

外婆说，日子在你阿根爷爷的眼里美着呢，你看画就知道。

外婆还说，你阿根爷爷想过啥样的日子，我就能把他绣成啥样子。

外婆的手真神奇，那些五彩的丝线绣在单调的线条上，布面马上有了生命：花在开，鸟在叫，树叶绿油油，日子光灿灿。

娟子眼馋，外婆就手把手地教。外婆说，女孩子手巧，就会绣个好光景。

心灵手巧的娟子真的有好光景，上了大学进了城，毕业后，成了机关职员。

办公室清闲至极，日子一天天过去，如温水煮青蛙，最容易消磨人了。

娟子28岁了，还没有男朋友。她做事认真，喜欢看书，不爱上网玩游戏，不像别的女孩一场接一场地恋爱。如果外婆还在世的话，一定会很着急。可娟子不急，她喜欢冰心老人对铁凝说的那句话：不想去找，你要等！

娟子在等，像外婆等阿根爷爷一样，用身去守，用心去绣。

娟子买来了十字绣，穿针引线，纤纤玉指灵活自如，换线，换格，换姿势，低酸了头，看涩了眼。办公室、家里；白天、晚上，一任时光在指尖溜走。作为酬谢，娟子把绣好的“望月怀远”字幅放到了一山的办公桌上。看到如此精美的十字绣，一山一改往日的痞子相，诚恳地邀请娟子周末陪他去公园写生。

正是玫瑰花开的季节，两人在公园里一路走，一路说笑。一山说，这么美的花儿，我要好好画出来。娟子脱口而出，好啊，你来画，我来绣。话一出口，碰到一山火辣辣的目光。娟子有些发窘，同事一年多，尽管彼此都有好感，但谁都没有挑明，今天，自己是怎么了？

娟子绯红的脸给了一山答案，他拉起娟子的手找了块平整的草坪，撑开画夹，寥寥几笔勾勒出三枝带刺的玫瑰。娟子捂住怦怦直跳的心，看他润笔着色，看三朵鲜艳欲滴的玫瑰呼之欲出。

送给你！一山取出画，面对娟子，眼睛里写满爱意。娟子才伸手接过，就被他揽在了怀里。

办公室里，娟子绣着玫瑰，一山在电脑上绘图，娟子说，是外婆教我绣花的，爷爷死在朝鲜战场上，可她总是不相信，还是等着，守着，反反复复地绣，绣爷爷生前想过的日子……

玫瑰的花影随着绣花针的起起落落，露出茎叶、花瓣、花蕊，一山起身向娟子走去，他仿佛闻到一股淡淡的馨香从细细密密的针脚里徐徐袭来。

山　恋

清明节前夜，陈斌在为回乡做着准备，淑媛轻轻地走过去拉他坐下，顺势靠在斌的怀里，面含微笑，眼睛清澈明亮，呼出的热气温暖潮湿，透着薄荷的清香。淑媛说：斌，带我一起回去吧，我想去你生长的大山，去拜祭爸妈，还有你常说的玉娥姐。

斌搂着淑媛陷入了沉思。

淑媛是斌的业务助理，也是斌的女朋友。两人相恋三年迟迟没有结婚。

好一会儿，斌拍了拍淑媛：好吧，有些事你总该知道的。

黄昏时分，当小车在村口停下，乡邻们围了过来。大家七嘴八舌："山娃，回了啊，出息了哦！""哎哟，山娃现在一看就是个大老板！""山娃，不错啊，讨了这么水灵的老婆！"斌微笑着给大人递烟，给孩子发糖。

老屋久没住人，白色的墙面斑驳陆离。斌带着淑媛在大家啧啧的称赞声中走进屋里，又在关切的目光里出门走进后山。

山林里树木郁郁葱葱，在群林掩映下，隐隐约约可以看见几处墓碑。斌在一座坟前停下，焚香烧纸。火苗跳动着，淑媛蹲下身，看见墓碑左下方写着：孝子陈斌，孝女李玉娥。原来玉娥真的是斌的姐姐啊！可是紧邻的另一座坟茔，石碑上女子的照片清秀水灵，眼神和自己好相似啊，淑媛这样想着继续看墓碑，右侧碑文记录着死者的名字李玉娥和她的生死年月，无言地述说着她26岁的短暂人生，左侧写着：夫陈斌。

淑媛默默看着这些，再看看一脸肃穆的斌，内心涌起一个又一个疑问。一阵风吹来，繁茂的杂草窸窸窣窣，纸灰飘散回旋。

暮色空蒙，斌的眼睛濡湿。起身回家，走在狭窄的山道上，两人一路无言。

房门上，五年前的福字年画发白模糊。斌点燃两支蜡烛，烛火扑朔迷离。

床上淑媛依偎着斌，听斌把几年前的往事拉近，把平素所说的零零星星的片段连接。

玉娥大斌一岁，和斌是娃娃亲，两人从小青梅竹马，一起放牛打猪草，掏鸟窝捉鱼虾。玉娥家穷，才读到小学就辍学了。从斌读初中开始，玉娥就到山里挖草药卖，到山下帮人摘棉花，想方设法赚钱给斌买书和生活用品，让斌在学校吃饱穿暖，还常常帮斌的父母采茶做农活。斌大学五年都是玉娥照顾二老。斌大三那年父亲得了肝癌，玉娥在照顾老人住院期间，学会了打针和简单的护理，出院后玉娥干脆住在斌家服侍老人，每天忙里忙外。村里人都夸陈家祖宗积德，招来这么个好媳妇。父亲死后家里更加贫困，习惯城市生活的斌再也不想回到大山里。斌梦想着立足大都市，过人上人的生活，如果此时和玉娥结婚，所有的梦想皆会成为泡影。

毕业后斌只身在沿海打拼，白手起家，举步维艰，无暇顾及老人。多少个深夜，玉娥陪伴着斌孤苦孱弱的老娘。

大山闭塞，信息受阻。当斌接到玉娥的信赶回去时，母亲已经病入膏肓。

母亲在弥留之际，把玉娥的手放在了斌的手心，与世长辞。

立碑时玉娥让斌在自己的名字前，刻上“孝女”。最后，一言不发地把斌送到车站，车都开了，她才说句：别管我，你会有出息的。

三年后，斌的公司步入正轨。斌回到老家，方知玉娥依然未嫁，除干活外每天就是闭门刺绣，郁郁寡欢日渐消瘦，斌带她回到了沿海。

日子平静地过着。斌在外忙忙碌碌，公司越来越红火。玉娥整理房子，做可口的饭菜，斌又感到了家的温暖。只是玉娥的饭量很小，脸色蜡黄，身体越来越消瘦。斌带玉娥到医院检查，方知玉娥已是肝癌晚期，由慢性肝炎引起的，传染源极有可能是斌的父亲。

玉娥住进当地最好的医院，斌默默地在她床边坐了一夜，第二天，斌毅然把公司交给朋友打理，然后，在玉娥病床边架了副钢丝床，整日陪伴。

这时候的斌和玉娥俨然是一对恩爱夫妻，事实上两人的关系还是姐弟。

这一住就是三个月，玉娥的病情稍见稳定。而斌的电话接连不断，接听时躲躲闪闪，眉宇间有着无法掩饰的忧虑。

玉娥猜测斌的公司出了问题，对斌说医院太吵，想回家静养一段时间，可以定期来医院检查，如果自己感觉不舒服随时再来住院。斌思虑片刻，没有答应，而是临时给她请了护理，自己赶回公司。

玉娥偷着跟在斌的后面到了公司，才知道斌的朋友趁他不在做了手脚，侵占了斌辛辛苦苦打拼五年的基业。朋友的手脚做得天衣无缝，斌通过各种正规途径已无力回天。

看着斌整天躲着一支接一支地抽烟，玉娥咬着牙，拖着病躯摸清了那朋友的住址。

清明节前一天，玉娥对斌说：你一个人回山里祭祖吧，看看爸妈，也替我为二老烧点纸。

夜里，风刮得树叶哗哗作响，雨淅淅沥沥。斌在老屋里辗转反侧，夜不能寐。深夜，南方的电话如惊雷般响起：玉娥被抓走了——玉娥持刀到斌的朋友家，说如果不还回公司，就和他们一家同归于尽，那朋友在她誓死不休的气势面前终于承认了自己做的手脚并答应归还，等玉娥刚出门，朋友就报了警，玉娥被抓。

没想到的是，玉娥身上带了录音机。因那录音，斌的官司赢了，公司归还。

没过多久，玉娥就离开了人世，死前她说了一句话：山娃，山娃，来世，我做你亲姐姐……

斌说完，淑媛早已泪流满面。斌盯着流淌着的烛泪，紧紧地抱着瑟缩的淑媛。

一只飞蛾扑来，蜡烛倏地熄灭，房间里漆黑一片。一个声音在说：斌——抱紧我，娶我……

孽债

妈妈选择死亡的方式很残忍，那样决绝，义无反顾。

吊她的那根麻绳拴在木梁上，兰兰发现时她已经冰凉。她的嘴巴贴着厚厚的胶布，房梁并不高，如果反悔，脚伸下去就可以接触凳子。可是她把凳子蹬歪，把嘴封死，挣扎不得，呻吟不出，她不给自己任何活的希望。

爸爸痛不欲生，躺在妈妈的棺材里不起来。爸爸乞求乡邻，盖土吧，把我也埋了。

几个男人强拉硬拽，更多的人劝说着：唉，吊颈鬼的冤魂缠上了她，有什么办法呢？该她短命哟。可惜！

兰兰五岁，只知道哭，哭着哭着睡着了。梦里各种鬼纠缠着她，兰兰尖叫着醒来，爸爸抱着瑟瑟发抖的她流泪。

爸爸很少说话，总是发呆。他发出最多的声音是咳嗽，咳嗽时有喘息的前奏，双肩不停地抖动，喉管清晰的哮鸣，当他终于把堵在喉咙的痰液吐出，兰兰看见淡淡的血丝。

妈妈走后五年，爸爸病危。

兰兰哭，是那种害怕的哭，伤心的哭。爸爸吐了一地的血，兰兰抱着他的头擦着血迹哭叫：爸爸，你不能死，你死了我成了孤儿，我怎么办呀，爸爸?!

爸爸拉过兰兰的手，眼睛有明亮的泪水闪动，爸爸说：兰儿，不怕！你还有一个亲哥哥，叫李松……爸爸边说话边示意枕头底下，兰兰伸过去，摸到一封信，厚厚的。

爸爸的气息越来越弱，他望着兰兰，眼里有不舍，有乞求，说话断断续续：兰儿……原谅——爸爸，我——终于可以，可以去陪你妈妈，去——赎罪……

爸爸抓兰兰的手松开了，信封滑落地上，露出一张照片。照片上，爸爸腿上坐着个男孩。

在孤儿院里，兰兰常常想起爸妈。他们葬在老家的山坡，坟挨着坟，日夜厮守。活着时他们两地分居，聚少离多，爸爸是武汉钢厂的工人，妈妈是村小学教师，节假日爸爸回来，寒暑假妈妈带她去武汉，一家人其乐融融。

兰兰没有感到孤单，她常常回老家看爸爸妈妈。坐在坟头述说自己的学习、生活。坟头的草枯了荣，荣了枯，兰兰一年比一年高，越来越漂亮，越来越像妈妈。

读完大学，兰兰想去北方。想在工作之余寻找唯一的亲人，她的哥哥。

在爸爸的第十个祭日，兰兰背着行囊来到墓地。连绵的阴雨，苔藓爬上了坟头的水泥地面。墓碑上的字迹清晰可见。兰兰缓缓地陪父母说着话，清理着乱石杂草。

良久起身，飘忽的雨雾里，兰兰看见一个撑着伞的男青年向这边走来，踏着的青草发出窸窸窣窣的声响。

进墓地的男青年很专注，显然他在看碑文找坟墓的主人。他在兰兰父母的墓地停下，离兰兰如此近。兰兰看他收起伞，看他深深地鞠躬。他抬眼，四目相对，兰兰惊愕得张大了嘴巴，男青年也瞪大了眼睛。

这青年是年轻时候的父亲吗？轮廓分明的脸庞，清澈的双眸，挺直的鼻梁，微微上扬的嘴角，尖尖的下巴，除了年轻和俊朗，简直和父亲一模一样。

哥哥，难道他是我的哥哥？兰兰不敢相信自己的眼睛。

你，是来祭奠我的爸妈吗？兰兰小心地问，声音有些发颤。

是啊，祭奠，他们，你的父母？那，你是我的妹妹?！青年疑惑的眼里露出惊喜，难怪，你和阿姨长得好相像！

青年拿出照片，那是兰兰爸妈的结婚照，妈妈依偎着爸爸，脸上写满幸福。兰兰也拿出爸爸抱男孩的照片。

朦胧的雨雾里，青年交给兰兰一封信，兰兰拆开：

李建，我最好的朋友，你好！

看见孩子，我很欣慰。知道孩子很好，我也放心。

孩子的事，本来是我们三人的秘密。只可惜，在长春出差我还是忍不住去了你那里，忍不住带回来和孩子的合影。我没有想到青枝会突然来武汉，在宿舍里她发现了照片。孩子太像我了，事实面前，我试图解释。我说了，我们是最好的朋友，你妈妈盼孙子，你们盼孩子，而你没有生育能力。我说了，那时候我单身，你们求我帮你。“借种”这是多么荒唐的事啊，可是我们做了，种下了希望，也埋下了苦因。是的，怀上孩子你们就调回了老家，这一切本该结束，偏偏我的疏忽铸成大错。青枝无论如何也不相信这个事实，她认定我欺骗她，她无法原谅我的过错。毅然决然上吊自杀了……

看到这里，如五雷轰顶，兰兰摇晃着，青年迅速扶住了她。

妹妹，人死不能复生，阿姨太要强，太追求完美……

你为什么要告诉我这些？我宁愿不知道，永远不知道真相！

可是妹妹，我们能怨谁呢？你爸爸是为了遂我奶奶的愿，为了挽救我父母的婚姻；爸爸是爱你妈妈的，阿姨走后他陷入了深深的自责和痛苦中，他是郁郁而终啊……所有的这些，也让我的父母一辈子为所犯的错误，背上了沉重的十字架……

青年说着，眼里蓄满泪水。

雨点渐渐密集起来，兰兰心发抖，泪水决堤。

妹妹，我这次来，一方面是祭拜老人，另一方面是找你。我母亲去世几年，爸爸在化工厂工作，长期接触汞加上忧郁，他患了严重的再生障碍性贫血，六十多岁的人，生命已经到了晚期。他希望在死之前见到你，得到你的宽恕，让我一定找到你。这是一个老人最后的遗愿。

雨越来越大，兰兰泪眼模糊，一幕幕悲惨的镜头交相辉映：房梁上惨死的妈妈，棺木里痛不欲生的爸爸；搂着自己讲故事的妈妈，不言不语的爸爸；妈妈紧闭的双眼，爸爸临终乞求的眼神……

雨，时密时疏，远山朦朦胧胧，兰兰心潮起伏……

她和他

（一）

他是她的初恋，心底很爱很爱的人。二十多年了她们彼此牵挂，却因为各自的家庭没能见一次面。

20 世纪 70 年代初，她和他就读在乡里的初中，她 15 岁，聪明漂亮，热情大方，是班干部，也是入党的积极分子。她家在街上，爸爸是个裁缝师傅，家境优越。他的爸爸是“黑五类”，在乡下住牛棚。他不爱说话，三年后却以最高分数考上高中。

教室里她偷偷观察他，发现他衣服破旧，常常饿肚子。发作业本时她逗他说话，他语言简短不敢抬头。他打开作业本发现粮票，他抬眼遇上她，明眸清澈，脸颊绯红，他知是她，慌乱着合上本子，心怦怦然。

随后她把饭菜带到学校，她叫他到后山坡。她说：我的饭吃不完，你吃吧，吃完帮我讲解不懂的题目。看他狼吞虎咽，她笑，灿若星辰。

她不再像小鸟叽叽喳喳，习惯用眼睛安静地注视他，暗暗捕捉他的气息。

他好几天没上学了，她期待、不安、焦躁、担忧，终于忍不住，她打听寻找。在医院她看见更加消瘦的他，他的爸爸忍受不了批斗自刎，被送到医院，正昏迷着。

她走过去，泪眼朦胧，抓住他的手，他咬牙忍住了泪。

他知道他和她有距离，必须刻苦读书来拉近，必须创造条件去争取。除了学习，他不敢妄想。

他们美好的情愫在心底发芽，生根，深藏。可惜并不是所有的情感都有美满的结局。

她太出众了，被乡里的书记赏识。书记的儿子相貌堂堂与她同龄，在粮店上班。书记派来媒婆说，若她同意做他儿媳，马上给她转户口安排工作。最初她坚决反对，家人的连劝带哄，亲戚的狂轰滥炸，加上对方优越的条件，她答应了。

退学那天清晨她把他叫到山坡，四周很静，似乎能听见露珠滴落草叶的声音。

她说：清，我有对象了，马上结婚。

他一愣，心一抖，他看出她不是在开玩笑，痛苦地问：我在努力，在创造条件，兰，为什么不等我？

喜欢你，可是，可是……

她憋红了脸，说不出口，她发现那些优厚的物质条件在感情面前如此渺小微薄。然而她还是走了，脚步很快，她怕自己回头。

结婚那天是中秋，八抬大轿接她，二十多台嫁妆陪她，很多有头有脸的人送她。鞭炮声里他躲在角落伤心欲绝。

这个给他太多痛苦的地方，他再也不想待了！他去报名参军，走的前夜，在那个山坡坐到天明。

（二）

婚后她当了村小学教师，丈夫在乡粮管所，日子平静如水，她偶尔会想起他，在心底。

一年后她生了个女儿，抱着女儿她有着做母亲的欣喜和期待，孩子取名琼，晶莹剔透，温润如玉。

第三年又生了个女孩，书记紧绷着脸，丈夫一言不发，名字拖了很久，叫盼弟。

又过了一年半，她生的又是女孩。村里人议论：还有学问呢?！名字能叫“群”吗?（在我的老家“琼”读“群”），叫琼哪能不生一群?好心人劝她改名，她解释读“qióng”，村里人似乎马上恍然大悟：第一胎取名“穷”，那还不更生丫头，把家拖穷?!

家里阴云密布，面对幼小的孩儿她无语叹息，三女儿叫“微”。

她仍然盼着生个男孩，点燃微小的希望。

他在部队表现积极，几次立功。他由班长到排长，继而考上军校。寒假回来，在街上他邂逅了她，她是三个孩子的妈妈，长久的熬夜辛苦，眼睛不再清澈，身材不再轻盈，语言变得平俗。她看见他，电光火石般，心怦怦，人惶惶，意惑惑。他不问，知道她苦；她不说，能读懂他的怜爱。

傻傻地站着，痴痴地相视，三五分钟的定格，物是人非，沧海桑田……

（三）

回到部队，他结婚了。真正的爱情是不需要结果的，他安心学习工作，前程灿烂。

她接着怀了几次孕，利用假期又生了个四女儿，当即送人了，几年里引产两个女孩，大小月子都没有人照顾。

或许是诚心感动了苍天，她终于躲在外地生了个儿子，满月后寄养在亲戚家。

（四）

又过了十年，小学撤离，粮店倒闭，她和丈夫双双下岗。此时儿子被接回，大女儿读大学，家里举步维艰。

偏偏儿子视父母为仇人，十年寄人篱下的苦痛让他的性格极为怪异，除了要钱他不和家人说一句话，拿了钱就泡网吧，几天几夜不回家。

她一个个网吧找，劝儿子，苦口婆心，甚至哀求，儿子面无表情，不为所动。

她哭诉，后悔不该生他，她举起的巴掌迟迟不忍落下，她伸出弯曲变形的手背，说是为了生他月子里落下的病根，她由呜咽变成号啕，她问儿子为什么就不懂为娘的心？

儿子一意孤行，她渐渐明白，只要他不惹是生非，能长大成人就可以了。

女儿琼大学毕业后进了北京的公司，每个月仅仅留下少量的生活费，其余的钱如数寄回家。

她和丈夫借钱办厂破产，接着双双卖保险。在小城，他们步履匆匆，向朋友说尽好话，保险业绩还是一般。

在海滨城市，他正团转业了，自己开了家公司，红红火火。

（五）

如今，她年过半百，类风湿将她折磨得苦不堪言。她不能接触冷水，需要药物控制病情。她的丈夫因为车祸不能自理。好在三个女儿都有了工作，家仍然完整，仍然在盼望中收获着微薄的希望。

而他，儿子出国，住别墅，开豪车。

在去年的中秋节，他问我：你知道兰吗？她怎么样了？

我说：常常看见的，她还好，您要她的电话吗？

他似乎如释重负，轻轻地说：嗯，好就好，电话给我……

（六）

某一日，我偶遇她，我说：兰姨，我舅舅要了你的电话！

她混浊的眼睛顿时炯炯发光，继而变得灰暗，她喃喃自语：怎么一直没给我打电话呢?!

（七）

他——是我的舅舅。

而那乡党委书记老家是我们湾的，由于她当初嫁的是我的邻居叔叔，我叫她兰姨。

相依为命的幸福

阳光照在官塘湖上，湖面涂上了一层金色。

我倚在栏杆上，瞅着在草丛里玩耍的孩子，来来往往散步的人群不时挡住我的视线。

孩子在扯狗尾巴草，她还是个孩子，一玩起来就不想回家。她噘着嘴撒娇，妈妈，你就陪陪我嘛，就一会儿，我要喂我的鱼儿。

孩子怕湖里的鱼儿饿了，她还不懂我在为她担心，担心她吃不好，影响身体。家里还有一包等着缝补的衣服，我要用缝纫的工钱为她在幼儿园订牛奶。

下岗后，我白天在电机厂打工，晚上替人补衣服，贴补家用。像大多数平常家庭一样，我们在城市的罅隙里生存，偏偏祸不单行，孩子的爸爸工伤瘫痪，我们的日子过得暗淡无光。

天气一天天转凉，而他的心情一天比一天烦躁。就在我出门之前，他还在吼叫，我是个废物，不要你同情。走，你走！去找你的幸福……

天边晚霞似血。湖边，孩子用长长的狗尾巴草逗着鱼儿，鱼儿咂砸嘴，摇着尾巴游来游去。

忽然，前面亭子里传来争吵的声音。我循声走过去，发现是一对白发苍苍的老人，在玩扑克游戏“跑得快。”他们对坐在石桌两旁，老头坐在石凳上，老太太坐在轮椅里。老头微倾着身子，一只手握着扑克牌，一只手指着老太太，叫喊着：“你赖皮，打夹张，不算，不算！”老太太调皮地歪着脑袋，摊开手掌说，“就算，就算，你输了，我跑得快。”老头呵呵一笑：“好，好，算你赢了，我跑不动你。跑累了吧，我给你拿水喝。”

老头转身拿水杯的时候，发现了傻呆呆站着的我。他不好意思地朝我笑笑，招呼我坐下。

闲谈中，我才知道老头是个退休干部，老太太以前是民办教师。他们有两个孩子，女儿嫁到武汉，儿子大学毕业在北京安家，就两老在这小城里生活。这两年，老太太风湿病发作，腿疼走路不方便。每天早晚老头推着她去官塘湖走走，逛逛菜市场，没事两老打打扑克，打到高兴处忘乎所以，像小孩一样争论不已，外人听着像吵架。老太太爱耍性子，大多时候，是老头让着她，每次都玩得兴尽而归。

老头清瘦，很健谈。他说老伴年轻时吃了不少苦，一个人带班上几十个学生，常常走很远的山路去学生家家访，自已工作忙，没能好好帮她，现在老伴有风湿，只能尽心服侍，将功补过。老太胖胖的，笑眯眯地看着他唠叨，晚霞在她的脸上镀了一层金光，乍一看，像尊弥勒佛。

我问老人，孩子们不在家，你们平时孤单吗？

老头微微一笑：还好，我们有两个人呢，相依为命呗。

相依为命——我的心微微一颤，原来相依为命也是一种沧桑后的幸福啊。

夕阳的余晖染红了天际，晚风吹拂着他们的白发，也轻拂着我的脸颊，我向孩子走去。孩子仍逗着她的鱼儿，鱼儿吐出的泡泡如幸福的光晕，在水面一点点扩散，我不由得笑了，差点笑出了声。

种太阳

坠下去了/坠下去了/我的希望/我的希望啊/黑暗要来了吗/这日子/没有太阳/那燃烧半个天际的/是血吗/没有太阳/这血染的日子/不就黑了吗?

手术器械在体内碰撞着，翠又昏迷了过去。

不知道过了多久，睁开眼是白色的天花板，白色的墙壁，白色的床单。床脚的纸箱里，快四个月已经成型的宝宝——一个小肉团，被浸染鲜血的卫生纸裹着，没有生命。

室内很静，听得见洪星的呼吸，接连的奔波劳累加上伤悲，他趴在床边睡着了，呼出的热气暖着翠的手。

灯有些晃眼，翠想关掉。刚一伸腿，就感到下身一热。床上一片潮湿，血，还在流。翠想挣扎着坐起，阵痛让翠呻吟了一下。

星被惊醒，肿胀的眼睛里布满血丝。看见翠，露出宽慰的笑容，扶翠坐起，把枕头放在背后，掖好被角，星挨着翠轻轻坐下，翠泪水涟涟地靠了过来。

夜更暗了，贴着星的胸口，轻抚着星消瘦的脸颊，翠无奈叹息着：明天把我们的小太阳埋了吧，种在屋后的山坡上……

为什么老天嫉妒幸福的人儿?！星的母亲早年守寡，千辛万苦养大这个星斗；自己受尽煎熬，种下一个太阳，就早早陨落！

翠和星青梅竹马，两小无猜。一起村里入学，一起读到初中，又一同去深圳打工。翠皮肤白，身材好，在单位做采购员，星高大英俊，懂生产流程，做了主管。爱情早就成熟，安排好各自的家庭，二十三岁那年两人顺理成章结了婚。夫妻俩恩恩爱爱，平素卿卿我我，你侬我侬百般亲热，可惜结婚三年后，翠的腰肢还是细如绵柳，肚皮光滑平脊。

春节两口回家，中午婆婆把母鸡撵得满院飞，嘴里叫着：光吃不下蛋，废物。星正好从外面进来就接茬：这冷的天，鸡下什么蛋啊？婆婆白了儿子一眼，嘀咕了句愣头青。

翠听得明白，这不是指桑骂槐，嫌自己没有生育吗？老人想抱孙子，自己不能给洪家添个一男半女，不是罪过吗？翠瞒着星去了镇医院妇产科，医生一番检查后说有点妇科病，但是不会影响生育。开了几百元内服外用药，翠满心欢喜。

药用完了，两口又去了深圳。年终回来，翠的肚子还是没有起色。婆婆的脸色更加难看，数落自己命苦，老头死得早，不能给洪家添满天星，只留根独苗。夫妻俩茶壶里煮饺子——心里有数，天一亮去了县医院。

进妇产科前翠打定了主意，若真是自己的问题，纵有万般不舍，离开星是必然。

男性科里星也有自己的想法，若翠不能生育抱养一个未尝不可。

翠的女医生很有耐心：你说夫妻俩身体健康，性生活也正常，目前检查你是正常的，若你爱人没有问题的话，那可能是心理因素，农村不是有“垫窝”的说法吗？抱养一个后思想焦虑解除了，情绪放松就怀上的多的是。

找到星翠抑制不住内心的激动重复着女医生的话。星满脸沮丧，递给翠自己的化验单，悻悻地说：没用了，是我有病。

死精子！翠不敢相信自己的眼睛，那么俊朗健康的星怎么没有成活的精子呢？医生解释极有可能是星小时候腮腺炎引起的并发症。

婆婆得到消息哭天抢地，后悔当初只顾挣工分没照顾好星，害了儿子害了洪家。

一连几天家里死一般沉寂，一向风风火火的婆婆病倒了。翠把饭菜端上桌，星闷头吃完就进房间，整天如霜打的茄子。婆婆看着翠送来的饭菜欲言又止，翠以为婆婆对曾经的行为过意不去，就安慰说：您老想抱孙子，那些我可以理解的。婆婆泪眼婆娑地拉住翠的手：你是个好孩子，是我们对不起你。话说回来你们没有孩子是不行的。你看前头湾的你秀姨，也是你虎叔的问题，他们的儿子刚，又勤快又孝顺，比亲生的还好，再说有一半是你的血脉，我们不说谁晓得。

翠明白婆婆的意思，顷刻羞了个大红脸。借鸡下蛋在农村是很平常的事，当事人愿意也没人嚼舌根，自己年轻美貌，借个种容易得很。但这样愚昧的事怎么可能发生在自己身上！不过，婆婆一语击破梦中人。晚上翠和星说了婆婆的想法，既然婆婆不在意是否是洪家的血脉，何不去做试管婴儿?！夫妻俩为这一重大决定激动着，兴奋着。

手术是在深圳做的，取的是精子库里健康旺盛的活体。当小生命在翠的体内分化孕育，幸福也在夫妻间荡漾充溢。抚摸翠稍稍凸起的肚子，星说：不管是男孩女孩，孩子取名阳阳，我们的小太阳，我们的希望。

前后住院三个多月，孩子在发育，存折上的钱所剩无几。夫妻俩商议翠回老家养胎，星回原单位打工。火车上翠小心翼翼，星面面俱到，只为了宝贝安全到家。

怎么也没想到快接近老家时，翠开始腹痛。近20个小时的颠簸，小生命熬不住了，翠开始出血，极度的紧张恐惧加速了孩子的死亡，赶到医院B超显示没有心跳。

拿起结果，翠就昏了过去。

输血，引产，翠感到孩子在下坠，在脱离母体……

血在奔涌，希望在破灭……翠在眩晕里，看见太阳落在坚硬的水泥地上，被碰成散乱的碎片。那么红的光，在暮色里渐渐成为冷冷的灰烬……

搭　桥

接连收到的几条短信，搅乱了阿玉的心。

早上才和老公拌了嘴，疙瘩还没有解开，分别5年的初恋情人文涛突然来到了本市。

难道是天意——爱情要从终点回到起点？同样的日子，同样刻骨铭心的伤痛，月圆月缺，分分合合，真是人生如梦啊。

“玉，我一直惦记你，给我个机会。”看着短信，阿玉心底波澜迭起，回了一句：“今非昨，人成各，曾经沧海难为水。”

错过无法挽回，相信我吧，只为见你一面。文涛言辞恳切。

唉，七夕，恼人又多情的日子！文涛从省城而来，不见，哪好呢？阿玉想着有些动摇，问你现在何处？手机马上响了起来，是文涛的声音，仿佛被一束无形的电波击中，阿玉有瞬间的窒息。

阿玉，是你吗？玉儿，我知道是你！我在你对面的阳光酒店，就站在808房的窗口。阿玉恍恍惚惚，不由自主地把目光飘向对面，酒店门口的电子显示屏滚动出清晰的字幕：欢度七夕节，恭候有情人。鬼使神差地，阿玉吐出了“等我”。

从家里出门到对面的酒店，仅仅隔一条马路，一百步不到。风吹起阿玉飘逸的长裙，也吹乱了她纷杂的思绪，瞥见酒店门口那个熟悉的身影，阿玉心如鹿撞。

玉儿！文涛惊喜地伸出双手，阿玉闪身躲过。

上去坐坐？文涛微笑着。

不，只能走走，前面有个公园。阿玉低头，返身下了台阶。

俩人一前一后，长长的影子在路灯下分散又重叠。五年前的大学校园里，文涛就像阿玉的影子，两人耳鬓厮磨，如胶似漆，对吟“在天愿作比翼鸟，在地愿为连理枝”，发誓“不离不弃，执手白头”，情深处燕语呢喃，良宵一度。谁会想到，五年前的七夕节，文涛移情别恋，自己强装欢颜道别离；五年后的今天，他又恰到好处地现身，而呆子老公不知躲哪儿去了，不仅没送一枝玫瑰，连吵架的机会都不给。朦胧的月色里，阿玉脚步匆匆，内心百转千回。

我这次是出差，带工作组考核你们市里的后备干部，正好来见见你。玉儿，过得还好吧？文涛紧跟着阿玉。

你希望我好吗？阿玉挑衅地反问。

当然啊，玉儿，我当然希望你好好的，文涛挡在阿玉面前，怜爱的目光温润而潮湿。

可你，你还是选择了她！爱情于你只是一句戏言。有她爸爸铺路，你现在名利双收，风光无限。看，你活得多滋润！阿玉的语气不无揶揄。

是我辜负了你，对不起！你不知道我小时候所受的苦，我们那里太穷了，为了家人我做梦都想留城，我，我别无他法。

那你就能出卖自己，无视我们的感情？

是我的错，给我机会弥补，玉儿！文涛紧走一步，紧紧揽住阿玉的胳膊。

弥补，你能给我什么？你以为我还是当初的傻女孩？阿玉挣扎着，委屈的泪水喷涌而出。

这次考核干部里有子墨，他有领导才能，缺的是关系——没人搭桥，我打算帮他！文涛的话舒缓有力。

不，他不会同意的！今天早上他还说过，决不会为升官去求人，他是个呆子！阿玉情绪有些失控。

我们不说，他不会知道的，他的能力是公认的，没人怀疑。

他是个呆子，就像我当初，是个傻子。

他不傻，他有尊严；你也不傻，你是为了我，所以我要为你们着想。文涛说着，捧起阿玉的脸。

大颗大颗的泪珠漫过文涛的指缝。

玉儿！文涛一声低喊，慢慢地，轻轻地盖住了阿玉的嘴唇。

涛，我真的爱过你！阿玉喃喃着，软软地靠在文涛的肩头。

月亮躲进了树梢，风吹得树叶哗哗作响，合着彼此激烈的心跳，文涛说：玉儿，子墨是好人，从大学的时候他就爱你。

阿玉点头：嗯，知道。

他比我好，有骨气，玉儿，你要理解他。

阿玉轻声答应：嗯。

其实我不是个模范丈夫，我不好。这些年她爱我，可我心里想的是你，这对她不公平。

我也不好，常常对子墨发脾气，他对我再好，我都不满足，我觉得他没法和你比。

这样不行，我们都要改，做好自己。爱，不是占有。记得吗，那年七夕分手的时候，你哭得伤心，可你说不恨我，只想我过得好。

是的，因为我爱你，才放手——也许是我不够爱他，才百般挑剔。

张爱玲说：人生最可爱就在那一撒手。我们要学会放下，放下了，才有心情欣赏这夜色，才能真正过好这一生。

夜雾悄悄漫上来，高楼里射出的灯光像一道道迷人的彩虹桥。

涛，你看，那些光，好美，好温暖。

是啊，那是家里的光，照着我们回家的路。玉儿，再见了，哪怕——再也不见，你一定要幸福！

嗯，我们都要幸福，你看那牵牛织女星，喜鹊在给他们搭桥呢，多好！

搭桥，渡人渡己，怎会不好呢——回去吧，玉儿，子墨会着急的。

爱的漂流瓶

斟了杯红酒，采薇习惯性地点开了 QQ 邮箱，收件箱里除了新增的几条未读垃圾广告，就剩那封已读的信。

红酒在高脚杯里鲜艳欲滴，采薇仰脖倒进嘴里，心愈加冰凉。夜太静了。

你走了，再也不会聆听我的心跳，不会说爱我；你走了，我能握住的只有这冰凉的红酒……采薇写完回信，点了发送。信笺在网络时空里穿越，他会打开查看吗？采薇不知道。

暗夜滋长。采薇很想有那么个人陪着自己。这个人最好是陌生的异性，能静静地倾听，有深深的怜惜，而不必相见。这样的人有吗？采薇也不知道。盯着邮箱采薇突发奇想，何不把愿望装进漂流瓶里？

漂流瓶的种类很多，采薇选了个心情瓶，写上：采薇采薇，薇亦作止。曰归曰归，岁亦莫止——一瓶奥德曼红酒。采薇将心情瓶扔进茫茫的大海。

她一直没有收到来自心情瓶的回音。

等酒柜上最后一瓶红酒喝完，一切将像空酒瓶那样要清除舍弃了。采薇的心微微作痛，端酒杯的手抖动了几下，溢出杯口的红酒让采薇想起了漂流瓶，那些随波逐流的愿望和梦想，有没有它的归宿？

采薇捞起了几个漂流瓶，显然都是别人扔进海里的。交往瓶写着“红颜易老，佳人难觅”；定向瓶写着“婚姻如同坟墓，我坚信我能一个人走下去”；真话瓶写着“流浪，也是一种生活……”；最后是一个是许愿瓶，写着“浮海余生，白云苍狗，一个人走在偌大的城市里，找不到人一起吃饭，一起喝酒，一起泡图书馆，一起逛电影院……在人生转弯的路口，在大风吹起来的地方，我安安静静的等待着一个人。——福州书生写给即将24岁的自己”。瓶里有QQ号码，还有一张照片，照片上的男孩阳光帅气，靠在沙发上看书，茶几上的高脚杯里，红酒鲜艳欲滴。

采薇加了书生的QQ，送去一杯红酒。书生回赠一朵小花问，“你也喜欢红酒”？采薇说，“是，但以后不会再喝了”。书生微笑颔首，“红酒是奢侈品，如同爱情”。采薇好奇：“你懂红酒吗”？“不懂，但我会用心去品味”。书生的回答激起采薇的兴致，“如果你的口味变了呢？会厌倦吗”？“不会，我会注入更多的爱，让她保鲜”。书生的回答快而坚决，采薇好笑，“你一辈子消受得起吗?”书生发了个可爱的表情，“可以自酿啊，比如，我自制的葡萄酒，就香醇可口，清新怡人。”

采薇沉默了，书生的话让她想起了他。

他是个英俊儒雅、事业有成的商人，喜欢红酒。采薇刚大学毕业，正好在做红酒销售。刚认识的时候，彼此一见倾心，他包揽她的红酒，把她带到高档的咖啡屋和星级酒店，欣赏曼妙的音乐。后来，包揽了她，买了房子，金屋藏娇。他不定期地过来，两人打开迷离的彩灯，畅饮着红酒，在梦幻般的音乐里相拥，说些深情款款的情话，欲望在激情里迷失沦陷……

书生的QQ头像在闪。“采薇，采薇！你的名字真好听。你是诗经里的采薇吗?”“不是，我来自乡下，曾是采摘野菜的山里丫头。”“不，你就是采薇——采薇采薇，薇亦作止。曰归曰归，岁亦莫止。靡室靡家，猃之故……”

采薇仿佛听见书生在电脑那边浅吟低语，端起酒杯和着泪水一饮而尽，红酒残夜滑落在杯底。“采薇，采薇，有家等于没有家”。打完发送，采薇匆匆下线。

再次上线是在一个月后，采薇搬出新房，找了份工作。一上线QQ不停地闪动，邮箱里有书生20多封信笺。

采薇，你好吗？我在等你！看了你的空间日记，我对你的了解更多了。你是个好女孩，我每天都在祈祷，但愿我的漂流瓶能给你送去好运！

采薇，采薇——如果有缘，我愿陪你去采摘幸福，因为有爱才有家。不管你回不回话，我还是会给你写信，一天一封。

采薇的眼泪又一次无声地滑落，纤细的手指压在键盘上：漂流瓶已经捞到，期待能装上你亲自酿的葡萄酒……

沈园遗梦

那年姑母说，订了这门亲，陆唐两家亲上加亲。老人家替我戴上陆家的家传凤钗，说从此我就是陆家的儿媳。

我是陆家的媳妇吗？现在我这儿分明是赵家的庭院，那走过来的公子赵士程才是我的相公。

表哥，你去了哪里？

我不能问，问了也没有结果，我要咽泪装欢迎接我的相公。相公说，婉儿，莫辜负这大好春光，我陪你走走看看。相公的眼里是盈盈的爱，我不能拒绝，可是去哪里呢？自从搬出别院，我不知道哪里有属于我的天地。

相公说要去沈园，陪我去沈园，我惊异地睁大了眼睛，看到的只是怜爱，他说，心病还需心来医。相公是懂我的，这些年他守着我的身，看着我的心碎裂、飘荡，疼痛着，不怨也不问。

沈园，是个布局典雅的园林花园。相公在前，我和丫鬟在后，园内花木扶疏，石山耸翠，曲径通幽。相公说，娘子，你看那对鸟儿一唱一和，是不是琴瑟相和？我笑了，露出好久没有的微笑。

鸟且知道欢悦，何况人呢？相公怜惜我，说，你好久没出我赵家的大院了，难得有好心情，和丫鬟们四处走走，我去凉亭置办薄酒，与你共赏春色。这个心里只有我的男人是皇族后裔，他门庭显赫却不嫌我是弃妇，娶我为妻后百般宠爱，可是，我为什么总想着我的表哥呢？

沈园有太多的美景，柔软的柳枝随风起舞，满园的桃花芳香袭人。那只坠在花间的彩蝶璀璨夺目，多像插在我青丝里的凤钗。表哥，仿佛还是昨天，我和你花前月下，丽影成双，我和你吟诗作对，举案齐眉。一对人间眷属，宁多少人羡慕。可是好花不常开，好景不常在；花到荼蘼花事了，爱到极致遭人妒；雨打黄花花易落，棒打鸳鸯两不知。你的一纸休书，削断了我陆家少奶奶的身份；姑母的一顿羞辱，斩断了我移住别院的亲情。我不再是你的青梅，你也不再是我的竹马。

原来，太爱也是一种错误。

春天在我脚下，一路走下去是姹紫嫣红。是什么牵引我移步幽径？难道又是上天的安排，在万花丛间，当我突然回眸，电光火石般的，我看见了你！那一刹那，时空凝固了，我们的目光交织缠绕，我的心在颤抖——你，一袭长衫，飘逸的衣袖上缀着几朵素净的梅花；你，清瘦儒雅，白皙的脸颊更加苍白。这一切是梦是幻？是真，还是假？十年来，我想你、念你，人比黄花瘦；十年来，你在我的梦里出现，又在我醒来时悄然而逝。整整十年啊，你弃我而去，难道真的应了情到浓时情转薄？

十年后的此刻，你的脸上写满爱怜、伤痛和愧疚。表哥，你没能忘却曾经的恩爱，没能抹去伤痛的记忆。我怎能怨你？只怪那妙因尼姑说我们八字不合，会误你功名害你性命……

你在花丛中发呆，我在曲径里恍惚，这样怎么能行呢？我得回去了，相公还在那边等我。

不是我不说话，千言万语不知从何说起；别怪我仓皇逃离，纵有千般心事、万般情怀，我只能给你这匆匆的一瞥。然后，在沈园遗留下我们的梦，让它生根，直至千年。

挽 歌

夕阳在一点点坠落。他背着身患癌症生命垂危的女人，匆匆行走在岑寂的树林里，一抹残红淡淡地投射在他们身上。

这是一条长满野花的小路，通往桃林。背上的女人气若游丝：桃林……桃林到了没？……

他加快脚步回头轻声应着：快到了，再坚持一下啊！

女人恍惚着，似乎看见多年前的自己躲在山坡后看他给树苗浇水，心怦怦然地祈祷：停下来，看我一眼……

那时他总是忙碌。他是个孤儿，吃百家饭长大。当兵退伍后，面对满眼的荒山乱冈，承包了山林栽种起果树。

他住破房，也没有钱，但她就是痴迷于他。她在树上偷偷地刻他和她的名字，像个仙女出现在满树的桃花下，望着他笑，明眸皓齿，灿若星辰。

结婚那天，她笑颜如花，他动情地搂着她说：等果树成熟了，我还你一个隆重的婚礼。

她们一起在山上植树，浇灌……年复一年，季节轮换，荒山披上绿装，果木结出硕果。在山坡搭起的小木屋里，经营着笑声盈盈的日子。

女人喜欢桃花，喜欢穿粉红的衣衫，喜欢看傻傻的男人，喜欢听他把自己的名字喊得长一声，短一声。

风吹得树叶哗哗作响，他把女人轻轻放下，抱在怀里。就在这片桃林里，曾经多少次，女人躺在柔嫩的青草里，把头枕在他的肩上，闻漫天花香，看蓝天白云，听花开花谢的声音……

山色空蒙，果树稀疏。他贴紧她的脸，女人落下几行泪，慢慢合上了双眼。

风，一阵阵吹过，几片桃花飘起来，在空中回旋，最后落在女人的发上，脸颊上……

那年的娃娃亲

那些年，我烦死了我的娃娃亲。

也不知是哪朝留下的习俗，老家风行定娃娃亲，媒婆为我提亲那年我才三岁。老话说选亲不如选媒，村妇女主任为媒，说的又是村长的儿子二傻，我爹娘大半辈子老实巴交，突然有了天大的面子，哪有不答应的？

定娃娃亲本来没什么，别的娃儿，亲定在外村，就我和二傻近，只隔几户人家，想避开都难。很多时候我巴不得长个后眼睛，以免二傻跟踪。他一跟着我，就有人怪里怪气喊“媳妇，媳妇”。我气得瞪眼，喊二傻滚，他傻兮兮的不走，还要赖着帮我打猪草，摘野果。我捡起地上的石子吓唬他，再不走，我砸死你！他捂住脑袋，还是傻傻地笑。我一跺脚直骂，傻瓜，有病！

二傻真的有病，说不清个顺溜话，吐个字像数萝卜，囫囵半天。有一次我在池塘洗衣，他在门口扯起嗓子喊，妮——看他一手在头上晃，一手在兜里掏，我假装没听见，扭头继续洗。过了一会，我觉得后背痒痒的，转头看见了他的胳臂，我吼道，你干吗？他结结巴巴，给——你——摸——摸。我羞得血冲脑门，一棒槌打过去，他哇哇大叫，一个冒热气的馍馍“咚”地掉在了水里。

说实话，二傻对我再好，我一点也不稀罕。我讨厌他傻乎乎的样子，更讨厌他到处说我是他媳妇。他爹娘客客气气叫我爹娘亲家，他心安理得叫我媳妇，八字还没有一撇呢，就像我是他家人。我不开心，可是山沟定亲如铁板钉钉，只要配了对，长大了就会成亲。我不想做二傻的媳妇，我要走出去，出山有两条路，读书和当兵。我是女娃，只能读书，我读书好，年年考第一。村小和村委会在一起，大红榜贴出来的时候，村干部最先看见，二傻爹自然也知道。张红榜，二傻高兴，他爹不高兴。他爹骂，你狗儿笑啥，你以为倒数第一也是第一，光荣，是不？

二傻拧起脖子仍然笑，不怕他爹，他哥大傻淹死后，他是独苗，爹娘什么都满足他。他爹说，哪怕你要星斗，只要能摘到，我也会去爬梯子。二傻不要星斗，他只要吃的用的，然后偷偷塞给我。我本来不想要的，可我嘴馋受不了，而那些笔和本子我没钱买，反正他傻，也读不出什么名堂，我不用被他糟蹋了可惜。读完小学，初中在镇上，有7里路，父母不要我读书，说女娃读书没有用，迟早是人家的人。二傻不干，说我是他媳妇，他读书媳妇就要陪着，硬是要他爹答应出我的学费。

上学第一天，我们5点钟往学校走，山里雾气重，远远看见前面的坟地火星忽闪忽闪，早就听说有鬼火，没想到竟拦住了去路。我吓得不行，二傻像是听见了我怦怦的心跳，抓住我的手攥得生紧。我双腿发软，几乎是他拖着我向前走。待走到坟地，见是几个挑柴的歇气吸烟，我立马醒悟过来，摆脱了二傻的手。

自那以后，我更加躲着二傻，怕他在学校说我是他媳妇，又怕同学知道我有个差生朋友。读书后，他说话顺溜多了，不着急就不结巴，偏偏有同学逗他急，看他脸红脖子粗囫囵囫囵的样子。怕同学嘲笑，他干脆极少说话。每天上学放学，我偷偷地跑，他远远地跟。

初中毕业后，我考到一中，二傻再也跟不上了。他爹说，春妮是女秀才，你不当兵落到山沟里咋整？他爹要去找人武部干部疏通，他不干，去广州当了保安。每个月我都能收到他寄来的钱和信，我想他打工肯定是为我，就憋着股劲想考上大学。

我真的考上大学了，我们山沟闹翻了天。山沟里飞出金凤凰，这是哪朝哪代都没有的事。我娘说我有今天多亏了二傻一家，要我去二傻家正式上门，意思是无论我走到哪里都是他家的媳妇。从定下娃娃亲，二傻逢年过节到我家上礼，我还是第一次去他家，二傻爹娘看见我笑眯了眼，招呼我的声音半头湾里的人都听得到，好像我给了他们多大的面子，进门塞给我一个鼓鼓的红包，说学费生活费莫担心，二傻还会寄的。

我在大学里勤工俭学，叫二傻把钱存着，不要再寄了，他不听，寄了几次我退了几次，最后他终于开窍了，明白了我的意思。以前他写信我回信草草几句，现在他不写信，我更懒得去想。不是我无情，是得面对现实，我们之间横着一条无法跨越的鸿沟，我想他迟早会看出来的。哪晓得他突然出现在我学校，黑黑的脸，憨憨的笑，我不知道怎么向同学们介绍，他像没事一样说，嘿嘿，我是妮他哥。他把一包吃的发给这个，递给那个，傻乎乎的样子，我看着都别扭。我说，哥，我带你到外面去转转。二傻一点也不傻，哎的一声答应着，和我的同学告别。

校园很大，二傻慢慢走，慢慢看，好像怎么也看不够。我心急，又不能催，只能在心里企盼少遇见几个同学，最好一个也别遇到。一路上，二傻指指点点问我话，我嗯嗯啊啊，心思完全不能集中。我在想，快点，快点到校门口就好。

在一栋大楼下，二傻忽然站住问，妮，这是你们的教学楼吧？我说嗯。他仰起头，用手挡住阳光向上看，说，好高啊！还是你聪明，天生会读书，我早就料到你会是大城市里的人。我不说话，他又说，妮，咱俩的娃娃亲不算。我想说话可开不了口。似乎是怕我难过，他马上说，妮，你别过意不去，是我要退亲的，我先找的相好，我——会和村里人说。我的喉咙像哽住了一样，他一把拉住我的手说，真的，你看，这是她的照片，她知道我来看大学生妹妹，还叫我给你带钱呢！

张大鼓

在老家，要问张大鼓是谁，乡亲们一定会说，是那个赶酒席的，这样说着的时候眼里露出不屑。湖北人都知道打鼓说书，登上大雅之堂叫湖北大鼓，走村串户叫赶酒席。

赶酒席是一种讨钱的营生，低人一等。张大鼓只在外乡赶酒席，敲鼓击板信口编词，看见老人唱福禄吉祥人安康，看到孩子唱五子登科中状元，讨的是碗热饭。只有在真正的酒席上与人搭档，他打鼓说书，搭档拿一空碗挨桌等客人打彩，最后才坐上残席。

张大鼓干这营生，整个家当就是云板、小鼓和鼓签，没有一个安生的窝。好姑娘不愿嫁他，差一点的他看不起，高的不成低的不就，打了一辈子光棍。

年轻时张大鼓可风光了，依现在的说法那叫星，粉丝方圆几十里。他要说书，太阳还没落山，家家大人派娃娃去占场子。场子设在稻场，几十个娃每人画个圈，放上板凳，凉席，竹床，等到晚上一家人看戏。张大鼓白皙清瘦，嗓音明亮，扮女角时眉目生辉，兰花指纤巧玲珑，细腰风摆杨柳，活像个大姑娘。十里八乡的叫他张大鼓，谐音张大姑，掩盖了他当老师的称号。

张大鼓正业是民办教师，教一年级语文。他教书随意随性，把生字生词融于日常用语，四言八句信手拈来，或说或唱，有板有眼，要人哭就哭，要人笑就笑，不少学生听入迷，尿湿了裤子。

张大鼓会说书，先在本村演，又被外村请，后来演到了乡里。乡里书记喜欢听，说是曲艺，叫湖北大鼓，还称张大鼓是民间艺人。乡里的戏台搭得高，张大鼓一曲《王大妈学文化》才演完，台下掌声如潮。观众热情高，非要他再演一曲，张大鼓在兴头上，加演了《亲生的儿子闹洞房》。这是曲新戏，人人夸他唱绝了，绝对是那个事。没想到他一下台丢了饭碗，原因是戏里的张善良抛弃妻子，而乡里的书记恰巧与糟糠之妻打了脱离，准备停妻再娶。张善良是现代陈世美，书记呢？大家同情张大鼓，说早晓得这结果，不该让他加演的。张大鼓哈哈一笑，连说带唱："你们呀谁也莫要怪，常言说戏如人生，人生如戏，其实啊，人生比戏呀——更精彩！"不久，远走他乡。

再见张大鼓是二十多年后。我九十岁的婆婆（奶奶）在腊月二十五寿终正寝，婆婆平生心肠好，亲邻到得齐，酒席摆了二十多桌。那天下着雪，我坐的一桌席摆在厅堂，天井口拉着雨布，冷风还是一个劲地灌。上菜期间不时有烧水的倒茶的拿碗来打彩。酒席正酣，突然一声鼓响，云板撞击有声。只见天井边支了个小鼓，一清瘦的老人立于鼓前，左手执云板击节，右手拿鼓签敲击鼓面或鼓边，铿锵有声。他头上飘雪花，嘴里冒热气，嗓音醇厚，吐字清晰。看模样，听唱腔，我觉得好生熟悉，正纳闷，有人大叫，咦——张大鼓！真是的张大鼓，我惊奇地站起身，喊了声张老师。张大鼓点点头，用鼓签示意我坐下（老家的规矩，没放鞭炮不能离席）。坐席的堂哥看张大鼓继续说唱有些忿忿不平："个赶酒席的还摆么架子，省城回的领导打招呼还不当事哈。显然，张大鼓听到了这句话，鼓签一点换了唱词：这位大哥休要怪，这屋里婆婆我记在怀，那还是个腊月天，婆婆的一碗热鸡蛋，让我过了个暖和年哪——""哪"字拖得长，悲悲切切。席间鸦雀无声，所有的眼睛耳朵都追着张大鼓："小鼓一击云板响，各位乡亲听端详，今天我来唱一唱。（转说词）您要问我唱么事，（转唱腔）我唱的是一曲孝子戏，孟宗哭竹那一呀场。孟宗哭竹和天仙配是我们老家的故事，一个是哭竹救母，一个是卖身葬父，同样的孝行感天动地。"

张大鼓用一口地道的家乡话行腔报字，以四平调为基本曲调，一个人扮演不同的角色，时而是皱眉喘息的孟母，时而是焦虑恸哭的孟宗。在他虚拟的动作里，寒风怒号，冬竹摇曳。他的手法、眼法、身法和步法灵活多变，哀婉的说唱之间插以多变的鼓板牌子，把肃杀的寒冬、救母的迫切渲染到了极点。一时间端菜的举着托盘不上菜，坐席的拿着筷子不下箸，就连孩子也停止了喧闹。突然间，鼓板如骤，地裂石开，嫩笋簌簌而出。张大鼓双手合拳："有道是，泪滴朔风寒，萧萧竹数竿；须臾冬笋出，天意报平安。"

一曲终了，满座哗然。坐席的客人等着打彩，才发觉张大鼓没带搭档。我霎时明白他是来报答婆婆的一碗热鸡蛋的。父亲为张大鼓单开了一桌，我过去为他敬酒，恭恭敬敬地叫他老师。张大鼓连喝三杯满面红光，说今儿个高兴啊，赶了一辈子酒席，第一次有当官的学生来敬酒。喝到最后出门，脚步踉跄。好在，雪已不知在什么时候停了。

文和他的新房

母亲打电话叫我快回家，说文病了，胃癌，等着做手术。我冒着风雪赶到老家的时候，老屋里挤满了人，一屋子老老少少都在商量着为文筹集手术费的事。

文是我的堂弟，比我小两岁。五年前，我出嫁，他接媳妇，我腊月初六，他腊月初八，前后相隔两天。因为我母亲计算好了，她自己喂了一年的肥猪，杀猪的肉待两次客人足够。

文是个孤儿，爸爸在他七岁时就死了，妈妈带着三岁的弟弟走亲戚，就再也没有回来。文轮流住在叔伯家，大事小事都靠叔伯们安排。

初八我回门的时候，家里高朋满座。二十一岁的文娶了俊俏的女子翠。翠是山里的姑娘，和文一样，没有父母。

文结婚的新房是叔伯们凑钱盖的，建在稻场边，单门独户，红砖外墙，没有粉刷。堂屋很宽，设了几桌麻将，亲戚们朋友玩得很开心。房间里两个崭新的衣柜，一个梳妆台，一张铺着鸳鸯绣花被的席梦思。门窗，衣柜上都贴着红红的大“囍”字。

晚上喝团圆酒时，半边湾的乡亲都来了。文和翠一直笑着，脸红彤彤的。文向每一个人敬酒，文说：没有你们，我就活不到今天。大伙就说：别说傻话，今天你做大人，以后有新房就有家了。

文喝得有些多，最后向一群叔伯们跪下了。文说：结婚后，我和翠出去打工，再把建房子的钱还给你们。叔伯们一边夸他有志气，一边叮嘱他莫给自己背包袱，过好日子比什么都强。

可文和翠执意要走，两人结伴去了福建的一个摩托车厂。稻场上他的房子空落落的，叔伯们怕新房搁置坏了，不时去清扫打理一下。

文的叔伯多，我父亲是他二伯。小时候他到哪家吃饭，就帮哪家做事。放牛、打猪草样样抢着干。在我家，母亲看他个子小，吃饭不回碗，就专门给他准备一个大碗，把饭按紧还冒尖。一碗饭再多也能吃完，再少也只吃一碗。他和村里大多数孩子一样，读完初中就辍学了，随堂哥去了福建打工。

那年春节，很多人回家，文不回来。叔伯们商议，这孩子大了，要强着呢，随便住哪家都不合适。不如帮他建个房子，娶个媳妇，有了自己的家，他就会回来。

房子建好了，又张罗媒人给文说了媳妇。日子顺风顺水，在福建的第二年，翠生了个儿子，翠把儿子带回家，三亩田地叔伯来耕种，不需养牛，农具也是现成的。

文仍在福建。翠种了很多糯谷，翠说那个摩托车厂的生活很苦，饱一餐饿一顿的，伙食又差。翠把糯米蒸熟，晒干，爆炒，磨成米粉，让堂哥带给文，饿了冲着吃。

去年春节，文回来了，又瘦又黑，脸色灰暗。他给每家带了礼物，还了叔伯们建房子垫的钱。叔伯们看他的脸色不好，关切地问他："是不是身体不舒服？"他说："没有啊，就是胃痛，吃不下。"大家以为外面的伙食差，叫翠做点好吃的，给他补补。但是文在家闲不住，想想玩一天就损失几十块的工钱呢，哪里舍得。翠要和文一起走，因为村里没有幼儿园，想再赚些钱给儿子在城里买套房子读书。两人把儿子留在叔伯家，几个老人轮流照顾着，孩子敦实得很。

文在福建好多天不能进食，翠陪他去检查，哪想到医生告诉翠，文得的是胃癌，要做手术，手术做得越早越有希望。但昂贵的手术费翠是承担不起的。翠一路哭回来，红肿的眼睛吓坏了我的母亲和婶婶。叔伯们马上召集了本家的老老少少，大家有钱出钱，无钱帮忙服侍。婶子们一边叹息着求老天爷保佑，一边给文的儿子做棉鞋，织手套。

手术费很快凑齐了，文的手术还算顺利。醒来后，文看见那么多的亲人在旁边，有些不好意思。大伙都明白，他是怕给亲人们添麻烦。就轮流安慰他说，莫瞎操心，农合可以报销大部分的。再说了，你就是胃溃疡，手术一做就没事，休养好了有好身体，什么都会有的。文开心地笑了，他不知道自己得了胃癌，还想还账后买房子，让一家人体体面面地生活。我不知道他的愿望能不能实现，但是，我相信，只要有爱，生活再难，总会有希望。

四英的春天

再次看见李四英，是在电视新闻里。十多年来，她老了，也胖了，如果不是记者介绍，我还真认不出她来。

电视节目是人物专访，题目是：放飞春天的梦想。

电视上，记者问李四英：作为一个农民作家，是什么支撑您十几年如一日，笔耕不辍的呢？

是梦想！我小时候就喜欢看书，而文学是我一直的梦！四英自信地回答着，脸上有浅浅的微笑。

四英成了作家？一个才初中毕业的农民成了作家？真是人生如梦啊，我呆了呆，记忆回溯到从前，在脑子里努力搜寻四英小时候的故事。

四英是隔壁李婶的幺女，也是李叔的遗腹子。李婶怀她 7 个月的时候李叔出了车祸，因为伤心过度动了胎气，早产的四英像个老鼠，怕宝贝幺儿长不大，李婶一直不忍心断奶，到她三四岁了，还常常坐在门槛上撩开怀，让她空吸几口。李婶四朵金花，大英、二英、三英一个比一个俊俏，一个比一个逗人喜欢，就四英是个假小子，又不害羞。为吃奶的事，姐姐们羞她，她扯起嗓子干嚎，哼哼唧唧的，不掉一滴眼泪，哭累了，流着涎入睡。大姐心慈，怕她哭伤了身子，最先败下阵来，抱起她给她讲故事，她即刻停止哭泣，一双眼睛滴溜溜转，看她喜欢听，姐姐们一个个仰着天读课本，这个读一句，那个接一句，像唱诗班，四英乐得摇头晃脑。

四英喜欢听故事，缠着姐姐讲，姐姐趁机让她断了奶。家里缺劳动力，姐姐们放学要帮妈妈做事，就把课本、小人书给四英自己翻看。四英脑子好，没上一天学，课本能从头背到尾，不识一个字，按照图画能编出故事。到她上学的时候，课本知识根本满足不了她的好奇心。大姐初中毕业定了亲，对象想找她约会，就用糖果和小人书诱惑四英，四英在桥墩上一边看书，一边望风。

刚上初中，四英爱上了武侠小说，开口闭口说梁羽生、金庸、聂云岚，一腔一调学白发魔女、张无忌、玉娇龙。大年初一，街上电影院放《神雕侠侣》，为了偷揭那张海报，她蹲在角落里等电影散场，一家人喊破了嗓子，到半夜才找到她这个冰坨。

农村书少，想看书是不容易的事。四英人小鬼大，总能想出歪主意。她召集一群伙伴说讲故事，谁要听就跟着去稻场，一个故事一分钱，没钱的拿书换。伙伴们在家里翻箱倒柜，连戏本、画报、毛泽东语录都不放过，四英收一本书讲一个故事，接一分钱也讲一个故事，声情并茂，绘声绘色，不时手脚并用，来几个招式，直讲得听的人脖子发酸，自己嗓子发哑。没讲完的四英许诺账先记着，等看完书再讲。四英看书特别入迷，别说废寝忘食，就是上厕所也不放过。一次看得正上劲，偏偏尿急，她冲到茅厕，把书夹在脖子下解裤子，因为憋得久，连打了几个尿噤，书掉进了粪坑，她想都没想伸手去捞，捞起来不顾臭味拿到池塘去洗。洗净的书页在太阳下晒着，有黄色的污渍，四英捡块石头坐着，悠然自得地看起来。池塘边乘凉的人个个说她是书痴。

爱读书的四英学习成绩好，总是考第一，村里有个老师给她编了顺口溜：书痴四英真不错，李家村里第一个。说她是第一个，还有一个原因是人美。常言说女大十八变，越变越好看，初中毕业的四英如挺拔的冲天杨，瘦瘦高高，俊俏无比。提起她，都认定她会是山里的金凤凰，迟早飞出穷山村，谁也没想到她会辍学。大概是应验了那句穷人的孩子早当家，看几个姐姐相继出嫁，母亲上了年纪，又有内风湿，她执意回家撑起了门户。我离开了家乡那年，听说她定了亲年底要招女婿。

这些年我几乎忘记了她，如果不是电视新闻，谁知道她在小村里一直坚持写作，出版的作品还得了冰心文学奖呢?

电视画面不断变化，从四英的作品集到她获奖的证书，再到满屋子的藏书，最后，镜头定格在书屋门前的匾额上，“春天书屋”四个娟秀的字迹鲜艳夺目，不消说，这是四英写的。

果然，记者问，听说您很爱书，怎么会想到把自己的藏书开放成阅读室呢?

因为知识能改变命运呀！读书能看到更广阔的原野，我们这里偏僻，大多数年轻人在外打工，留守的孩子没人管，看书也有限，我自己小时候又受过没书读的苦，就想着用稿费和奖金多买些书，让孩子们有书看，有学习交流的地方……

四英说着，她的脸由于害羞和激动有些红润，眼角也有浅浅的鱼尾纹。岁月蚕食了她曾经貌美的容颜，但潜在的文人气质又增加了她成熟的魅力。这个书痴四英，这个农民作家，徜徉在书的海洋里，遨游在文学的天空，哪里不是她明媚的春天?

聂婆婆

聂婆婆62岁，在山坡放牛时一脚踩空，挫伤了腿，村里医生检查后包扎了一下，说好在没有骨折，但必须静心休养。忙了一生的聂婆婆突然停下来，感觉很无措，支起耳楞听着院子里的动静，公鸡在打鸣，母鸡在“咯咯哒”地撒欢，猪在栏里拱得栅栏咣当响，那头老黄牛还在“哞哞”地叫唤。儿子在外打工，媳妇小翠起床就下地了，饭还没人做。

聂婆婆很心焦，太多的事放不下，特别是孙子，离校远，一放学回家必须吃饭，否则下午上学就要迟到，孩子正长身体不吃饭肯定不行。聂婆婆俯身拉过床边的椅子，撑着椅子的靠背想下床，灾难就在那时发生了：瞬间重心失衡，聂婆婆一头栽下，这次腿摔断了。

媳妇小翠一边抱怨着公婆多事，一边打电话催丈夫小贱回家。小贱没技术，过完春节跟着村里的小工头出门，在武汉一建筑工地上做小工，说好工资年终一起算，自然带不回多少钱。到医院复位、打石膏、输液，第二天一千块没影了。手里没钱，夫妻俩找到医生执意要求转院治疗，签了：自愿出院，后果自负。这一下把聂婆婆转回了家。

聂婆婆的家是一间厢房，里面放张床，进门是土锅灶，依儿子媳妇的话说，这样分家老人吃住方便。当初小翠嫁过来的条件，就是与小贱的寡母分开过。聂婆婆年轻丧夫一个人带大两子，其苦可想而知。大儿子二十好几因为家贫又老实娶不到媳妇，最终入赘做了上门女婿。女家很远，一去十年没有消息。好不容易小贱能娶上媳妇，聂婆婆自是欢天喜地地答应。家是分了，事还是尽心尽力照做。

小贱又要走了。出门前的一席话着实让聂婆婆感动。小贱说：妈，您不是常常想一家人在一个锅灶里吃饭吗？以后让翠送您吃，服侍您，我出去赚钱给您治病。您在家好好养伤，我和村里的医生说好了，定期为您检查……

常言道：伤筋动骨一百天。老年人的骨头脆性大更难愈合。小翠很忙，田间地头，家里家外，都是个持家的好手。忙着的小翠常常忘了家里有个不能动弹的老母。于是，村里人就听到了聂婆婆的叫唤："翠呀，我饿……""翠呀，快回来，我要解手……"村里人就说翠，你妈饿了，翠说不怕，饭放在床头呢。又有人说你妈想上厕所，翠说没事，她喝水少，我把她的棉絮和床单剪了个洞，床底下放了个便盆。

起先有几个关系好的婆婆去看聂婆婆，老年人手拉着手，说到心酸处自然眼泪直流。小翠也哭，小翠说：我妈造孽呀，白养了大儿子，小贱又没用，这么穷我也跟着受罪，不晓得的还以为是我不让她住院，贫贱夫妻百事哀呀，有钱我也会孝顺的。再说了，久病床前无孝子，我是媳妇，还支撑着家，做到这样也不容易呀……话说到这份上，婆婆们只好随声附和，哪好意思再说下去。

人们先是习惯了聂婆婆叫唤，接着也习惯了她的呻吟。农忙过去了，小翠又到邻家忙起了麻将。麻将桌上的嬉闹掩盖了聂婆婆的呻吟，没人注意那个生了褥疮的老人。老人扯起嗓门哭喊："翠，我痛啊，给我买药，给我治病……"

麻将场上有人抱怨："吵死了，下次换个屋打。"小翠说："现在知道我过的什么日子了吧？我造孽哦。"小翠去村医那里买了几瓶维生素，聂婆婆服后哼声小多了。

天气越来越热，从厢房传来难闻的气味。聂婆婆死了，一双空洞的眼睛瞪得老大，满满一嘴里是白色、黄色的药丸。

当娇儿遇上辣妈

儿子十九岁，长得眉清目秀，有一股特别的书卷气。连不认识他的人见了都说，“这孩子，绝对是个读书的料子”。儿子确实会读书，从小学到高中，从没有落到第三名外，去年如愿地考上了中国人民大学。认识他的人，都把他当做典范来教育孩子。作为儿子的母亲，我或多或少沾了光彩——“母凭子贵”嘛！

年前，儿子放寒假，我和他一起逛超市，路上所遇溢美之词甚多。有人赞叹：“啧啧，看，多优秀的娃啊，你咋调教的”？我谦逊又不失自豪地说，“学习这事，靠自觉，这娃啊，爱读书”。儿子窃笑无语，待人走过去了，狡黠地问我：“老妈，这是夸您还是夸我啊，莫非您忘了辣妈的外号？”我一拳抡过去，“小子，老妈是辣点，不辣有你这名牌大学生吗？”儿子佯装叹息：“苍天有眼啊，总算是脱离了苦海！唉，等我哪天有了孩子，我会让他玩，玩，玩——快快乐乐地玩！”

儿子的话像是玩笑，却让我心疼。这小子从小就聪明，可忒爱玩，常常把最简单的字写错，最简单的题目做错。为了改正他的恶习，我撕毁了他好几个作业本，也惩罚他无数回。儿子曾哭着说我不是他妈妈。而我坚持认为，同样的错误不准犯两次，错了该罚、该打。暗地里，儿子叫我“辣妈”，却养成了良好的学习习惯，成绩稳居前三名。我一直引以为傲的儿子，难道过去不快乐吗？我的教育方式有问题吗？

正在我怀疑自己的时候，十多年没有联系的同学找上门来，是为请教教育孩子的成功方法。他是晚婚，老婆32岁生的女儿，夫妻俩视若珍宝。同学说：“我出生在农村，靠读书跳出农门，吃过的苦不堪回首，所以，我不想孩子受苦，从幼儿园到小学，我从不给她压力，任她自由发展。哪晓得，她连实验中学都考不上。我们让她读普通中学，她的成绩还是跟不上，学习越来越吃力。我感觉她智力不差呀，怎么会这样呢?”同学皱着眉，一筹莫展，我说，“知识积累得个过程，慢慢来，急不得!”同学说，“你不晓得我的难处，女儿把学习当包袱，在学校抬不起头，在家里板着脸。我们稍不注意，一句话，能让她大喊大叫，有一次，还跑出去了。这样下去，别说她发疯，我和她妈也会疯掉……”

同学知道我给不了他好办法，他是来叫我儿子帮忙的。儿子去了他家，不知道和那妹妹说了些什么。回到家，儿子挽着我的手说：“老妈，其实，学习也是快乐的事，尽管读书不是唯一的出路，但有知识就会得到别人的尊重，良好的习惯也会成就美好的人生。这样的快乐是久远的，真实的。所以呀，辣妈，我爱您，感激您，将来我的孩子还是交给您。”

扩 散

黄局长病了，乳腺癌，要去美国做手术。这消息如一股萧瑟的秋风吹遍城建局上下，也扩散到了小城的每一个角落。

好人怎么就容易遭磨难呢？认识黄局长的人，都为她惋惜。

黄局长是小城里的美人，模样俊，身段也好，尤其那对乳房饱满坚挺，她走到哪里都是一道靓丽的风景。想想她才三十多岁，年纪轻轻就要被切除乳房，谁不心痛呢？怪只怪这癌细胞太顽固，不到一定的时候发现不了啊。

小城的人争相谈论着黄局长的好，说她不光人长得漂亮，笑容更是城建局的一块招牌。她常说，单位就是大家庭，她作为家长，有责任带领一家人和睦相处团结共进。

黄局长说到做到，城建局年年被评为先进，会议室里省级的、市级的、县级的奖牌挂满了半边墙。因为政绩好，黄局长在县里也有面子，县里来了省市的领导，县委书记常常点名要她去作陪。黄局长酒量大，会劝酒，声音又好听，喝到高兴的时候面若桃花，香汗淋漓。那些领导看她殷勤又娇柔的模样，哪里忍心不喝呢？领导喝高兴了，再难办的事也成功了大半。

黄局长不但能说能喝，还能做。老城区有条环河，环河边有大片林场，林场的马尾松、湿地松和水杉等大多碗口粗。环河地势低，夏季涨水的时候，即使水淹到树梢，这些树如一排排列队的士兵笔直坚挺地耸立着，根须牢牢地抓住沙土，不让洪水冲走寸土。过了林场是几条古老的街道，多少年来，环河水缓缓地流着，如同老城区人们散淡的日子。

那天，黄局长陪县委书记视察老街，走在曲曲弯弯的青石板上，书记看见那些低矮的青砖瓦房，破旧不堪的雕花门窗，感叹说，一个城市怎么能没有现代化气息呢？黄局长马上应承说，对，是该改造一下了！见书记微笑点头，黄局长心领神会，回来拟定了一个改造老城区的可行性报告。

报告不久就批下来了，县里成立了改造老城区的指挥部，黄局长任副总指挥。她亲自深入一线实地考察，现场勘测，白净的脸蛋黑了瘦了，谁见了都心疼。她还到省里申请项目，到市里招商引资，小车跑坏了，几次送修理厂都舍不得换。县里的大小会议，来往应酬，把她忙得够呛。半年多的改建，老街上原有的青石板路面铺了水泥，街两边建了长长的绿化带。环河的四周也加固了水泥层，地势高的林场被开发商投资成了清溪新区，一栋栋高楼拔地而起；地势低的河畔修造了九曲回廊，亭台假山；河滩上树木全无，全部种上了进口的草种。

改造工程完工后，县委书记去验收，见河滩上一块块草坪有模有型，碧绿的青草赏心悦目。那河边钓鱼台上悠闲的垂钓者，亭子里读书的学生，甬道上散步的老人，让书记的心里涌起无边的豪情，书记连声赞美道，好啊，好，好一个巾帼不让须眉！

这么年轻能干的黄局长，仕途正盛，怎么就得癌症呢？这癌细胞扩散起来不是要命吗？

不光小城的人叹息，这老天爷也在落泪呀！黄局长才去美国治病，夏天的雨说来就来，豆大的雨点，下啊下，没个完。环河的水不断上涨，先是淹没了河滩上嫩绿的青草，接着亭台假山不见影儿。眼看着水位越来越高，县委书记亲自任总指挥，还发紧急通告：务必保住河堤不被冲垮，严防死守，人在堤在。

人肉之躯哪能抵挡得住肆虐的洪水，环河决堤了，老城区一片汪洋。

这场洪灾惊动了省里，省里派专人调查此事。结果，揪出了一窝贪官，头一个就是县委书记。据说他被双规前就得到了风声，想逃，却迟了。他枯坐在办公室里，面壁长叹：黄××，你可真是个人精啊！

黄局长得的是癌症吗？看看被洪水冲刷后满目疮痍的老城区，想想黄局长曾经的飒爽英姿，小城的人犯了迷糊。

最后的日志

帆被判处死刑。作为他的辩护律师，我最后一次见他，问“要上诉吗?”他摇头，面无表情。

良久，我准备离开。站起身，我说：“你父亲托我带来的棉衣在收件室里。”

帆的眼睛亮了一下，随后，迟疑地问“我父亲，他——怎么样?”

“不太好，咳嗽得厉害。”我说。

“嗯——”帆背过身，目光从我的视线里移开。

我走到门口，突然听到他喊：“等一下，帮我个忙!”

入夜，繁星闪烁，偶尔有流星闪过。思虑再三，我最终打开电脑登录了帆的QQ。

帆的好友很多，好几个在线。

按照帆的请求，我点开了他空间私密日志，关于打架、恐吓、吸毒、贩毒的字眼触目惊心。

这时，QQ响起，你是谁?怎么会有我老大的QQ?“灰色记忆”问。

帆哥，你好吗?你在哪里??“浪子”也在叫。

我继续翻看着日志：

2月14日，情人节。酗酒，纵欲，搂着她我竟然喊着兰儿。

6月20日，这个父亲节，七十岁的他向我下跪——求我回头。

7月12日，兰儿说：只要你让我哥戒毒，我什么都依你!

8月9日，父亲从医院跑了，留下纸条：儿啊，你选择绝路，我活着做什么?

10 月 15 日，五子因吸毒过量致死，兰儿发疯般撕扯着我。

最后那篇日志是个大大的“悔”字。鲜红鲜红的，如一摊血。

QQ 不停闪烁——“迷茫心碎”“无聊人生”“路在何方”……

帆的话回响在我耳边“我最后有个愿望——请挂我的 QQ，密码是我父亲的生日……”

默默看着这些如迷途羔羊般的“难兄难弟”，片刻后，我打开“灰色记忆”的对话框，说：你好，我是帆的辩护律师，他有话让我转告……

对不起，请继续

积极执勤还受了处分，陈志憋得慌。

领导说，咋，不服气？不服气你去招商局上班，引进几个外商试试。

陈志看看自己的一身警服，无奈地退了出来。

和陈志一起执勤的王刚马上过来劝慰：我说了吧，叫你别管，别人有绿卡，市里重点保护对象。

陈志想不通，我不就摔了外商的绿卡吗？他嫖娼还骂人呢！王刚递给陈志一杯水：消消气，领导的决策是对的，我们这样的贫困老区引个外资多难，你得从大局着想。

陈志不想负责红灯区的治安，但这是工作没有办法。搭档王刚贼得很，关键时总有理由逃避。

真是怕事有事，有人举报蓝天大酒店808号房间嫖娼，这酒店属于陈志的执勤区。到底管不管？陈志打电话问王刚，王刚调侃道，你是想继续受处分，还是戴罪立功？陈志骂了声，你小子就是个滑头。

陈志吸了口气，走到808号房间门口，轻轻地敲门，房门半开，露出一个裹浴巾的矮胖中年男人，陈志拿出警官证说，打扰了，我查房。中年男人审视了他一眼，递给陈志一张绿卡。接过绿卡，陈志迅速立正，敬礼，说了声：对不起，请继续！

几天后，陈志被局长叫去谈话，局长拍拍他的肩说，到底是年轻人，脑子活，从明天起办公室由你牵头。

原来，那个中年男人是市里最大的投资商。副市长接见他时，他说你们市的投资环境好啊，连片警的素质也不赖……

好大一只鼠

根据县政府要求，交通局奔小康工作队今年驻点偏僻的旮旯村，主要任务是出资好几十万帮助修一条乡村公路。看着这笔钱，局里上下眼热心跳，报名驻村异常踊跃。

下班后，办公室主任陈坤去文具店买了个红包，又去银行自动取款机前取了一叠钞票塞进红包里。

夜晚的街面华灯初照，人影憧憧。大地歌舞厅霓虹灯闪烁摇曳，缠绵的乐曲肆无忌惮地涌入这小小城市。就是这个大地歌舞厅，那个叫艳的舞女，曾让陈坤无数次流连忘返，乐不思蜀。

记得那晚缠绵过后，艳温柔地抱着他说，因为警察找麻烦，近来手头很紧，虽然警察多次盘问过她，她都始终没有报出他的名字。

接下来的日子，艳一次又一次的电话让他揪心、冒汗、恐惧。

陈坤敲开局长家的门时，局长正在看新闻，局长夫人泡完茶避开了。陈坤恭恭敬敬地递上驻村申请报告，悄悄地把红包放到茶几一角。

局长似乎心情很好，起身拍拍陈坤的肩让他坐下，亲切地说：你在办公室跟我的时间也不短了，也算是我的心腹，你还年轻，下乡锻炼锻炼是非常必要的，这次就由你带队，不过修路工程不能马虎，要把好关，出不得半点纰漏，千万不要辜负我对你的希望。

陈坤不住地点头，连说一定一定，局长放心，然后欣然告辞。

不久，陈坤带着小康工作队来到旮旯乡。和乡里商议修路工程的时候，刘乡长着重推荐了本村建筑工头黄老板，说既能保障施工安全顺利，也能保证质量，更能使乡邻受益，肥水不流外人田，况且黄老板家屋子宽条件好，是小康工作队落脚的好地方。

陈坤听了，说：那就先住到他们家，看看再说。

黄老板家是幢很漂亮的两层楼房，院子有棵高大的柿子树，树下有个身段苗条的少妇正在水井旁压水，随着手臂的起落，胸脯也在有节律地颤动。看见来客，女人仰脸笑迎，真的是面若桃花，唇红齿白。

黄老板的公司在城里，很少回家。客厅里，女人倒茶递烟笑盈盈，陈坤谈笑风生，反复暗示这个工程油水很足，有几家公司盯着。

女人手很白，接茶的当儿陈坤看似无意碰了她的手指，女人羞涩地走开了说去准备晚餐。

饭菜很可口，女人殷勤陪酒妩媚可人，一餐饭吃了两个多小时，陈坤似乎喝多了。

陈坤是队长，占了一楼最好一间客房，只离主人的卧房几步。其他队员住二楼。乡村的夜晚很静，被柿树筛碎的月光洒在玻璃窗上，让人有一种迷失的错觉。

陈坤和衣躺了会，怎么也睡不着，披衣走出房门，主人的房间果然还有灯光，他屏气贴窗一窥，只见女人一双白皙的玉腿立在脚盆里，弯腰洗脚的女人露出一道很深的乳沟。

陈坤长出了一口气，轻轻敲门。女人问谁呀，陈坤说是我，酒喝多了，找不着水。女人赤着脚就过来开门，陈坤顺势歪了进去，一把搂住了她，反手关了房门。

你喝多了，别这样别这样！女人的挣扎多过呵斥。

陈坤坏坏地笑着，我没醉我没醉，是你太美了让我魂不守舍，你要知道，工程给不给你们做，就是我一句话。说完手便不老实起来。

女人柳眉倒竖，用力地挣扎着说，你给我出去！

陈坤看出愤怒的女人似乎顾忌着什么，尽管叫喊着仍压着嗓门。

陈坤此时欲火中烧，哪肯放过如此良机，死死地箍紧女人，嘴里不停地说，我喜欢你，是真的喜欢你，你就不想男人吗？

女人的挣扎和叫声似乎惊动了楼上的同事，楼上已有了动静。

陈坤心里一虚，忙说，别喊，我喝多了，我走，工程还是给你男人做。

陈坤悻悻然出来，只见下楼的同伴满脸狐疑。他扭头对着房间里的女人说，好了，没事了，不怕、不怕！

女人似乎惊魂未定，似笑非笑地说，吓死我了，好大一只老鼠，多亏陈主任帮着赶跑了。

一年后，旮旯村的通村公路竣工了，陈坤得到了黄老板一笔数额不菲的回扣，他用这笔钱很轻松地摆平了艳的事，当然他不会忘记孝敬局长的那份。

不久，陈坤因圆满完成了驻村奔小康工作任务，被提拔为副局长。

回　馈

大山里穷，读书人少，可穷山沟里出了大官。

大官叫黄兴，村长出外开会，张口就夸耀说，我是黄庄的，是替黄书记看祖坟的本家；乡长去县里开会，常自豪地介绍说，咱是大鹤乡的，是黄书记的娘家人；市委书记去省里开会，也自谦地补充几句，对，是花溪市，黄兴书记的家乡，我就是黄书记老家的。

做官的黄书记是整个山里人的骄傲。提起他的名字都是一种荣耀。事实上，认识他的人多，他认识的人没几个。黄书记在另一个省任省委书记，花溪市市长都难得有机会去拜会，偏偏村长黄顺与他联系密切。

黄顺与黄兴是小学同学，是黄庄仅有的两个读书人。读了书人生就不一样，一个当村官，一个当省官。黄庄是小村，历来以穷和偏僻出名，黄顺一当村长，黄庄就换了新颜。

黄庄的改变，首先是那条乡村柏油路。从乡里到黄庄 30 公里的山路，有好几座大山，十几条河沟。炸山辟地，架桥引路，寸土寸金才能铺就。那么多钱，黄书记大笔一挥，钱从省里拨下来了。黄庄人念着黄兴的好，怎么报答他呢？黄兴的父母过世了，兄妹都在省城，老屋空着，黄兴和黄庄的维系只有一堆祖坟。黄家的祖坟背靠大鹤山，依傍龙口坝，如大鹤展翅，如蛟龙含珠，早有算命生生说那是块风水宝地。黄兴能当官，是祖坟起了气，现在他为家乡做好事，自然要为他照好祖坟。柏油路铺到村口，也通到坟地，村长特地安排人在坟地砌了围墙，装了铁栅栏，远远地看，庄严肃穆。

市长为这条路起了个名字，叫归乡路，期待某一天黄书记衣锦还乡。

一个出省委书记的地方，当然要走在全县前列：城乡一体化改造，黄庄是第一个；新农村建设，黄庄是试点；环保局连片整治，黄庄是重点……黄庄彻底变样了，摘了贫困村的帽子，得了个先进的牌子，从官到民，个个有面子。

可是，正如费翔的歌中唱的，归乡的路是那么漫长，谁都能感受黄书记带来的幸福生活，谁也不见黄书记回乡。

黄书记不回乡，乡亲们不急，认为那是他太忙，像人们的好总理一样日理万机。但是，不知从何时起，村长黄顺不笑了，乡长不来了，市长不再为黄庄投入了。

是黄书记辜负了父母官的好意吗？怎么黄顺家的牛在黄书记家的坟地吃草？怎么乡长带人拆了围墙和栅栏？怎么市长下令摘除了归乡路的牌子？

山里人爱看电视，平时想看也看不到的黄书记出现在新闻联播里，竟然在接受审判！

唉，那黑漆漆的归乡路，成了一条不归路。

闲事婆

城东社区有个计生主任叫王兰，才50多岁，被左邻右舍唤作“闲事婆”。这样叫不是说她闲，而是说她爱管闲事。爱管闲事的人招人厌，可王兰走到哪里，哪里有笑声。

单说这个周日吧，别人还在睡梦里呢，王兰就绑了两个纸箱出发了。去哪儿？笔记本上早有安排：大洋电机厂。电机厂在城郊，工人多，仅育龄妇女有200多个。这不，王兰的电动车一停，保安小强就来打招呼：“王主任早，您歇着，我来搬，我来——咦，装的啥呀，这重!”王兰笑着打趣：“重个鬼，是不是昨晚和媳妇疯多了，肾亏？哈哈，不是我说你，都快30岁的人了，只顾着玩，你爸妈都和我说了多少回了，盼你两口子早点生一个。你们倒好，偷偷避孕。我问你，早生孩子有啥不好？父母帮忙带，老婆也免了高龄妊娠的风险，多好的事。”保安把纸箱放在宣教室里，讨饶地叫：“好了，王主任——闲事婆，您说生，俺们就生，咱再不要，耳朵要起茧。”王兰又是哈哈一笑：“这就对啦！快去通知下，全体育龄女工来领好东西，免费哟。”

很快，一群女人叽叽喳喳来了。王兰打开笔记本喊道：“李香过来，你吃的三相片有啥不舒服吗？”叫李香的女子摇头说：“没啥不舒服，就麻烦点。”“麻烦没啥，习惯了就好。你又不适合上环，我再给你三个月的药，可要按规定吃哟”！递过药，王兰又喊：“张小琴，你刚结婚，是要孩子，还是先等等？”张小琴红着脸低声说：“暂时不想要”。王兰拿出两盒避孕套说：“先用这个吧，想要孩子随时停了它，可不能随便吃避孕药哈”。说完又问叫田芳的：“你上环经期长，吃药后好些没？”田芳回答说：

“好些，以前十来天，现在最长一星期”。王兰点头，在笔记本上写了几笔，又问：“上次和你一起来的王凤霞呢，她出血好了吗”？田芳说：“她去服务站检查的，说是环子异位，取了，在家休息”。“哦，这样啊，叫她还是注意避孕，得空，我去看看。”……

太阳越升越高，一群人走了，一群人又来。王兰的笔记本记了一页又一页，两纸箱的东西越来越少。来的每个妇女领到了适合自己的避孕药具，外加一份礼品。礼品是围裙、茶杯，都印着计划生育的宣传口号。

合上笔记本，王兰赶回家做饭，吃饭。接着，又骑上电动车下村了。中兴村属于城中村，好多外地打工夫妻来租房子，流动性大。谁家媳妇生了几个，采取什么避孕措施，都要了解清楚，服务到位。上月新来的租户翠云意外怀孕，做了人流，身体遭罪，得去关怀关怀；黄湾的黄嫂绝经两年了还没取环，也得去看看。王兰找到妇女主任叶梅，边问情况边和她把一卷药具宣传单贴在村办公室。随后，去看了翠云和黄嫂。

王兰是在傍晚时分到家的。院子里坐了几个乘凉的邻居，见到她，有人喊：“闲事婆，今个管了几个闲事?”有人说：“我老家把说媒叫管闲事，闲事婆是媒婆，是红娘，王兰呢，是咱计划生育的红娘”。有人嚷嚷：“做红娘，有糖吃，闲事婆，快拿出来分享分享!”王兰摸出一盒避孕套甩过去：“泡泡糖，你要了几回的，晚上和老公一起吹，哈哈……”

一车西瓜

办公室里，空调一直开着，空气有些沉闷。

大家都在忙着，靠近窗台的小王起身伸了个懒腰，忽然大叫起来：哎，看啊，院子里有一车西瓜！说着一把拉开玻璃窗，耀眼的阳光跃进室内，一股热浪扑面而来。

小熊喊：快关上！这么大的太阳，冷气都跑了。

真的呢，你们看，好大一车西瓜，怎么会到院子里呢？会不会是门卫老蒋的熟人？小李说。

熟人好啊，不会卖坏的，早点下班就好，买个正好解渴。小王看了看钟，有点迫不及待。

我觉得不是来卖瓜的，院子禁止外来车辆，更不准商贩进入，老蒋没那胆。小熊分析说。

不会是单位批发的吧？或许是犒劳大家呢。小李继续猜测。

想得美！才扣了我们抗旱费，今天就分西瓜，哪有这等好事？小王不以为然。

不抗旱不行啊，两个月没有下雨了，我妈妈前天回乡下，说秧田干得发裂了，池塘里白了面。我们的那点钱也不知道能不能到农民手中，小李叹道。

谁知道呢？一级一级，层层盘剥，就说三万活动的清淤工程，政府给每个村投入了那么多钱，挖掘机开到池塘，官员露了脸，电视台摄了像，结果呢，塘边留下几个大大小小的坑，车没影，人也没影了。小熊有些义愤。

说这些有什么用？徒增烦恼而已。反正我们捐款了，图个心安。太阳这样大，我还是看看西瓜望梅止渴。小李接口说。

嗯，这西瓜也不知是哪个拖来的，看起来挺大的，逢上天干，种出来可真不容易，小熊说。

天干的瓜最甜，有付出就有回报，这车瓜应该能值些钱。小李说。

或许是哪个领导的关系，想卖个好价，就拖到咱们单位公款消费，小李又补充道。

是啊，这类事屡见不鲜了，以前不是有过吗，比如刘局长批条的橘子，贾主任代销的板栗……不过管他呢，分到我就拿，又不要自己出钱。小王有些得意。

不出钱？那可说不定！你没想想，政府倡导捐款抗旱，我们领导好意思发福利？小熊反驳说。

要钱我就买一个，多了吃不完浪费。小王说。

恐怕不会是叫你买瓜那么简单吧，我想可能是西瓜当降温费，每人分几个瓜。小李说。

那我就不要！西瓜值几个钱，把我们的降温费扣掉？我宁愿要钱，拿钱什么买不到！小王忿忿不平。

你还说降温费，我们开空调，喝绿茶，农民脸朝黄土背朝天，好不容易种上苗都干死了，喝的水都没有呢，小李抢白说。

农民是造孽，可降温费是国家给的，是我们该得的福利。凭什么让领导挪用徇私情，直接扣了给农民我二话不说，如果便宜了私人，我是不愿意的。小王说。

嘘，快别说了，主任过来了，下班被逮着聊天挨训不划算！小李一喊，大家马上安静下来。

下班了，都别急着走哈，今天分西瓜，每人 5 个。主任在门口喊道。

哦，这好的事啊——哪来的西瓜？小王试探地问。

村里送来的，前天局长把我们的抗旱款送到帮扶村，这不，为了感谢，他们送来一车西瓜。主任笑着说。

村里送的？望着窗外的骄阳，大家觉得脸上烫烫的。

飞来的“苹果”

她喜欢网购，常常收到大大小小的快递包裹。当一个自称快递公司的人找她签单，她毫不犹豫签下了自己的名字。谁会想到呢，拆开包裹，竟然是一款时尚的苹果手机。

真漂亮！她捧着手机左看右看，越看越欢喜。

可我没有买过手机啊，难道是快递员送错了对象？她拿出自己的旧手机，翻出刚才接到的电话打过去，对方处于通话状态，接连拨了几次，都是“嘟嘟”的忙音。

两部手机在手里，简直是天壤之别。旧“三星”如人老珠黄的妇人，那个破损的键豁着嘴，上次送去修理，售后服务的人说过了保修期，要50元，想着新的才花了三百多，50元修个键不划算，就将就用着。新手机是触屏的，最新的苹果品牌，崭亮的黑色机身，拿在手里沉甸甸的。

要是这款手机是我的该多好啊，不是正需要换手机吗，我傻呀，找什么快递员，带回去再说。

漂亮的苹果手机现出媚人的笑脸，好像在召唤她快去把玩。反正放着也是放着，不如插上电话卡偷偷用用。她惬意地躺在床上，看新闻、发信息、聊QQ，玩得不亦乐乎。突然，手机铃声响起，她警觉地窥视，还好，不是那个快递员的。如果是他，当然要及时奉还。但是，三天过去了，一周过去了，半月了，没有一点动静。

旧手机已被淘汰，她出出进进“苹果”不离身，连朋友也夸她的手机洋气，问从哪里买的，她不敢提网购，说是好友送的。新手机的功能多，有几项她不会用，她向一个用“苹果”的同事讨教，同事手把手地教，教完后说，这手机外观好，但不是正品。她说，无所谓呀，反正是别人送的，能用就行。同事说，也是哈，真真假假总是个“苹果”。她把到嘴边的话咽下去了：你们哪里知道啊，这款飞来的苹果，其实我没花钱也没欠人情。

渐渐地，她没了顾忌，她想：那个快递员一直没来，说明是淘宝店的人发错了。他们每天向全国各地发货，错误在所难免。去年科室的小燕拍了一把天堂伞，竟然收到2把，大家都笑说是买一送一，既然送了，不用白不用，结果用了啥事没有。再说了，曾经苹果砸在牛顿的头上，成就了牛顿，现在“苹果”砸着了我，当然是老天要成就我啊。

她沉浸在吞食苹果的快慰里，可那个潜藏好久的声音冒泡了：请问，尊敬的王女士，您对4月1日收到的苹果手机，感觉满意吗？

糟了，我不是牛顿，该来的还是来了。她捂住怦怦直跳的心装糊涂：喂，你说什么？

哦，我是快递员，给您送过手机邮件的，不会忘了吧？我这里还有您的签收单。对方不急不忙地提示。

签收单？我没有网购手机啊，你知道的——包裹常常有人代签的。她试图推脱。

代签，您可真会开玩笑！要不要我亲自到您办公室，放您签收的录像啊。对方发出讥讽的讪笑。

我真的没有网购手机，是你自己不认真发错了……她一紧张，露出破绽。

我发错了，你就应该当即退还，没退，证明你默认购买，买了就该付钱。对方有理有据，步步紧逼。

那，你来看看，如果是，我退给你。她想最初错不在我，有了点底气。

退？说得轻巧，早过了退货期限，现在，不要也得要，你的电话、单位、家庭住址我们一清二楚，别想耍赖，赶快打一万元到我指定的账号，不然的话，讨债的人天天上门找你！对方亮出了底牌。

一万元，我哪有啊？再说哪有——哪有那么贵的“苹果”，能不能——少点啊？她心乱如麻，不得不向对方低头。

少？你以为飞来的“苹果”那么好吃——哈哈，吃不了兜着走吧，准备钱，就当为你的贪心埋单！哈哈哈，哈哈……

她一把扔掉手机，对方的笑声满世界旋转。

剩女征婚记

从读书那天起，老师就讲“一寸光阴一寸金，寸金难买寸光阴，”不用说那是叫我珍惜时光，好好读书。不瞒大家说，我千真万确是父母的乖乖女，读书惜时如金，成绩倍儿棒，这不，在学校是好学生，一路顺风顺水，上名牌大学，考研读博，进外企，坐办公室，可谓风光无限。

说我风光，是有风光的资本：学历高，人漂亮，办事能力强。看我击败一个个对手，业绩不断飙升，深得老总信赖，同事小王红眼了，拿腔拿调地说：这是上班，不是读书，用得着那么卖力吗？姐们儿，别拿青春赌明天！我媚眼一挑，姐们儿有赌的资本，咋地？不是我刻薄，是小王不识好歹，办公室业务好，大家不是都有奖励吗？凭什么和我过不去，今天在背后念叨“花有重开日，人无再少年”，明天吟诵“好花不常开”，甚至还摇头晃脑地叹息：唉，古有“窈窕淑女，君子好逑”；今日“大龄剩女，见者让路”。整个办公室，就我28岁，未婚待嫁，别说少年，连青年的尾巴都逮不住了，这不是雪上加霜吗？不喜欢就让路啊，走远点，别在背后指指点点，说什么：找个好男人才是实在，学问越高越像个书呆子。我呆吗？凭我的才貌，我就不信找不到一个帅小伙！

可到哪儿去找呢？七大姨八大婶是不能指望的，她们一掺和，不闹个满城风雨，也搞个翻天覆地，何况老妈早已心急火燎，生怕我嫁不出去，让她老人家操心，我耳朵不起茧子才怪。对了，不是有个珍爱网吗？

征婚！马上注册征婚！本姑娘未婚，网名柔儿，一流身材，二八年华，三级连读（本、硕、博），为某外企白领。愿与五官端正，品性优良，事业有成之士携手未来。这不，照片一上传，点击率直线上升，红娘也打来电话，说张先生貌似潘安，李先生有车有房，王先生是个老总，这些都是可以考虑的对象，错过了可惜。我说，他们怎么不和我联系呀？红娘说，你还不是会员，只有缴纳了会费，网上的俊男随意挑，和谁联系都方便。不就是几千块钱吗？交就交吧，和我的另一半比起来算什么？

经过观察，张先生多次偷窥我的征婚资料，看他的照片英俊儒雅，气质不俗，资料显示32岁，1.87米，本科，教师。看来他有意于我，苦于不是会员，不能和我联系。我一直梦想当个老师，如果我的他能了却这个心愿多好啊。那些有钱的老板太花心，事业有成的诱惑多，不如为人师表的可靠。本姑娘主动出击。加了他的QQ，他马上送来一支玫瑰，还挺解风情的，我不由得窃笑，挖空心思考验他，揣摩他的为人。聊了一个月，他果然与众不同，说话幽默风趣，辩论起来有理有据，就连玩笑也开得恰到好处，比如他问，听说大龄女青年生孩子是高危产妇，你就不怕？我说，怕就不当剩女。他接着问：那你何必征婚呢？觉得好玩？我装作无所谓，说，试试有何不可，万一有缘能成呢，就是不成功，咱一剩女，大不了继续剩下去。他哈哈大笑，还敢剩啊，再等我这个剩男被人抢走了，你不后悔？也罢，为了不后悔，咱就面对面！

这一面见的，让我心花怒放。前面走来的，不是韩国最帅明星张根锡吗？我的偶像呐，你是与我约会？我捂住怦怦直跳的心，每一步像踩在云端里。柔儿！他在喊我，含情脉脉。我心旷神怡，伸出双臂奔向他。小心，脚下有石头！他坏笑着一把将我拉到怀里，我羞得抡起粉拳雨点样落在他身上，气势汹汹地问，你到底叫什么，为什么和张根锡相貌一样？他双手一拱：感谢爹妈给我起名叫张根，又让我帅得惊动了柔儿。看他如此贫嘴，我说不信他是个剩男。哪知他一脸严肃，说，柔儿，我真的未婚，老家在偏远的山村，上面有3个姐姐，我是独苗，老爸为了供我读书，农忙种田，农闲去工地打工。毕业那年，爸爸积劳成疾，得了胃癌。我花了好多钱给他治病，最终没有挽救他。开始几年，我努力还账，账刚还完了，母亲又中风。这几年，女孩见的不少，一旦走近，了解到我的家境，都像云一样飘走了。想想，我也不怨他们，谁不想过好日子呢？柔儿，我激将你，约你见面，就是怕彼此投入了感情，而无法自拔啊，现在，你——可以走了……

说啊，还有什么？所有的困难都说出来，看能不能把我吓走？我盯着他说。

还有，我和母亲住的是单位的房子，没有存款。

还有呢？

……

没有了吧？你看我走了没？

你不走?!

走！当然走，你先和我一起走，我带你到办公室，潇洒走一回，然后，你带我去见你妈！

三十六只鸽子

玉是在网上看见那个捐款召集帖的。按照惯例，她会一览而过，可鬼使神差的，她点开了。瞬间，她被一道电流击中。网页上接受县义工联捐款的竟然是刘华——她的初三老师。

捐款帖是记者发出来的，这样的事司空见惯，捐款的人不多，诘问的到不少：老师，没有医保吗？就算用的药不能报销，不是有组织吗？教育局干嘛去了？玉仿佛看见一群人藏在暗处唾沫横飞，指手画脚，被推在台上的刘老师，高傲的眼神里有了几分凄清。忍住心痛，玉觉得应该站出来。

玉是个医生，在市里有点名气。她往指定的账号打了钱，特意留言：学生祝恩师安好！刘老师在住院，看不见留言，更不会想到玉会出现。仿佛是冥冥之中的天意，玉与刘老师的联系总是离不开医院。算起来，刘老师染病近十年，自己竟然不知道。玉向初中同学群转发了捐款帖。马上有同学问，刘老师不要紧吧？十五年了，有没有人回过母校？玉的心刺了一下，干巴巴地回话，我没。有人提议，那一起去吧，看看刘老师？响应的同学很多，不知道有没有人注意玉悄然隐身。

这些年，玉似乎忘记了刘老师。每年清明回家上坟，她都要从乡中学经过，若想去见，只需要下车走几步。可每次她只是心动一下，迈不开步。说不清的感觉，五味杂陈。应该是愧疚吧，当初是父亲执意从教育局毕办要回刘老师的。父亲是校长，老山中学唯一的语文老师，他的理由很简单，自己得了胃癌，而刘华是他的得意门生，母校需要他，学生需要他。

刘华回校执教那年才十八岁，教初中三个年级的语文和音乐。玉十五岁，读初三，是全校的尖子生。刘老师书教得好，还会养鸽子。鸽子一群群在蓝天上飞，刘老师呼哨一声，它们就落在操场上，屋顶上。春天乳鸽多，刘老师捉了，熬汤，陪玉去医院。等父亲喝了汤说完学校的事，刘老师就说，小玉，你在这等会儿，我去去就来。玉透过窗户，看见刘老师瘦高的身影在阳光下奔跑。玉猜想，老师准又是去县实验小学看女同学了，便有些心神不宁。父亲的吊瓶打完了，玉拔下废旧的输液管，洗净，刨开，编制。玉想编小鱼的，编着编着成了鸽子。刘老师去一次，她编一只，细细密密的心思在指间缠绕，没人能懂。

初三的学习紧张而忙碌。中考前夕，刘老师问玉打算读高中还是中专。玉说考中专，读卫校。刘老师指着飞翔的鸽子说，看，有广阔的蓝天才飞得高远，还是读高中考大学吧！玉坚决地说，不，我要早点当医生，给父亲治病！老师的手垂下来，滑过玉的头发和脸颊，暖暖的。玉的脸滚烫滚烫。这之后，玉远远躲着刘老师，直到要去另一个城市求学，才把一纸盒手工鸽子送给他。玉没喊老师，只说，祝你幸福！那是三十六只晶莹剔透的“玉”色鸽子，代表三十六只香喷喷的鲜嫩乳鸽，也是玉三十六次青涩的隐痛。

父亲没等到玉当上医生就去世了。那次追悼会，是玉最后一次见刘老师。两人坐着守灵，夜静静的，玉捂着怦怦直跳的心想问刘老师，以后还会去县城找女同学吗？终究没问出口。

老山中学成了玉的伤心之地，早年，母亲逃离了贫苦的山区。最终，父亲这点牵挂也断了。毕业后，玉留在了市医院。

募捐帖介绍，刘老师得的是肝病。他妻子务农，辛辛苦苦养育儿子，还照顾久病的他。玉觉得有责任帮刘老师渡过难关。想帮，就得查清病因。初中同学说，我们中学旁边不是有个桥吗？某同学骑自行车冲到桥下，脾脏摔破了要输血，一时没血源，是刘老师送去医院的，恰恰血型配对。输血不久就染病了。他那女同学本来就有异心，出了这事，销声匿迹了……

十五年教书生涯，刘老师的学生多，当官的、做老板的成百上千，就连打工务农的也积极捐款。凑齐些钱，玉熬了乳鸽汤。去往医院的路上，玉在心里祈祷：父亲，您得保佑他；刘老师，让我来为您医治！

鲦子和鲫鱼

鲦子和鲫鱼共处一方鱼塘，鲦子细长灵活，鲫鱼短而肥硕。

一个周末，鲦子遇到了浮出水面的鲫鱼，鲦子说，稀客呀稀客，看你这么胖，我以为你只会在水底睡懒觉呢。

鲫鱼腆着肚子说，水底安全啊，我在怀宝宝。这不，宝宝成熟了，我要把它产在有太阳的地方。说完，鲫鱼纵身一跃，无数粒鱼籽在身下沸沸扬扬，如天女散花一般漂亮。鲦子看呆了，对瘪了肚子的鲫鱼说，产后要补营养，走吧，跟我去吃大餐。

鲦子骄傲地在前面带路，把鲫鱼带到了塘边。一阵诱人的香味扑鼻而来，鲦子说，看，蚯蚓肉。鲫鱼睁大眼睛，看见了朝思暮想的美味，饥肠如鼓，就在这时它发现了美味后面的丝线。鲫鱼说，那是鱼饵，不能吃。鲦子撇撇嘴，管它是什么，送到嘴边的美食，不吃白不吃。鲦子直向前冲，鲫鱼喊：不能去，吃不得！鲦子冷笑道，我吃了几次都没事，那是吓唬你们胆小鬼的，没听人说吗，撑死胆大的，饿死胆小的。鲫鱼说，没有白送的晚餐，人是贪婪的，他们会让你吃下去吐不出，你不要命啊？鲦子哈哈大笑，胆小鬼，你只配在水底吃草！说着，一个回旋叼住鱼饵。瞬间，鲦子被拉出水面，白色的身子挣扎着，在阳光下闪闪发亮。

我要钓的是鲫鱼，为啥钓起的总是鲦子？岸上的人懊恼地说着，再次抛下钓竿。

鲫鱼吐了口气，一摇一摆向水底游去。

状师余恶

在鄂西北山区，余恶的“恶”名无人不知。他生于民国初年，余家村人，是个状师。乡亲们都说，他写的状子，字比刀还狠，丢进水里，鱼都活不了。

余恶一生打官司无数，从来没有输过。他死后被葬在对面陈家村，这其中的蹊跷缘于那场野猪案。

那年，鄂西北地区发生罕见的旱灾。陈家村地势高，颗粒无收。余家村因为有条河沟能担水，收了一点红薯。而且官府早就禁止狩猎，违者严惩，人们只能靠野菜草根度日。

这天，余恶正在书房练字，忽听得外面吵吵闹闹，隐隐约约里有人喊自己的名字，出来才知是陈家村和余家村发生纠纷。一大群人在门外推推搡搡，争得面红耳赤，还有人晃动着棍棒、铁锨，随时准备大打出手。

野猪是我们撵来的，就归我们。看见余恶，陈家村的领头人理直气壮。

是我们打死的，你们莫想抢走！余家村的领头人更不示弱，他是余恶的同族大爷。

余恶摆摆手走进人群，跟前的人自动让道。余恶便看见了地上躺着的野猪。野猪灰黑色，体躯健壮，鬃毛刚硬而稀疏，粘着污泥和斑斑血迹，龇出的一对獠牙让人心惊。很显然，野猪死前经过长时间的亡命挣扎。

余恶不言不语地绕着野猪走了一圈，感觉到空气中的血腥味愈来愈浓。周围一双双血红的眼睛一会儿盯着野猪，一会儿焦灼地望着余恶。

片刻后，余恶双手抱拳，请两位领头人进屋说话。

原来陈家村的人寻食发现了野猪，便围追堵截三天三夜，燃尽无数火把，眼睛熬得红肿，嗓子吼得嘶哑，把野猪撵得精疲力竭，没想到这畜生死前窜到了余家村的地盘。

余家村的人见到垂死挣扎的野猪兴奋异常，抄起棍棒追打，倒下的野猪刚被套上绳索，陈家村的人来了，双方争执不下才找余恶。

听完陈述，余恶边泡茶边说，大家都是乡邻，抬头不见低头见的，相互帮衬下，既然找我就听我裁决：杀掉野猪，陈家村人追赶野猪劳苦功高，得猪身，余家村得猪头、猪蹄和猪内脏。

同族大爷一听，气得火冒三丈，这样判不是让我们余家村丢脸吗？难道你不姓余？到手的猪肉送人，亏你想得出！余恶并不生气，躬身给大爷递茶，赔着笑脸道，常言说吃啥补啥，猪头肉是贡品，补脑，猪蹄吃了人有劲，猪内脏补心肝肺，宽肠胃，得到这些，不比什么都强吗？大爷一把打掉茶杯，把桌子拍得山响，人都要饿死，补什么补？你这个逆子，丢祖宗八代的人！余恶怔了一下，脸色变得凝重，正色说道，就这么定了，不服的话，要么双方打个你死我活，要么交官府处理！

大爷阴沉着脸，陈家村的领头人千恩万谢。

谁也没有想到灾荒的持续时间突破了历史，大爷带领乡亲们四处逃荒饿死在路上，接着余家村又有人相继饿死。饥饿的乡亲常常想起那块被抬走的野猪肉，余恶便成了众叛亲离的恶人，被家族除名赶走他乡。

陈家村饿死的人更多，但活着的人一直记着余恶。

至今，余恶的坟墓还在，墓碑上他叫玉鄂，一块鄂北的玉，如他的模样——玉面、青衫。

偶尔，人们可以在墓碑前面，看见歪倒的半个酒瓶子，或者是一把野菊。是谁留下的，不得而知，有人说，祭奠玉鄂的，绝对有余家村的人。

裤子垮

裤子垮是季送的诨号，季送小时候被同伴追着喊垮裤子，当会计后被社员喊裤子垮。

季送不是季家岗人，是护林人季老爹从山上捡来的。季老爹年过六旬，为地主季昌照看了一辈子果树，但只照顾了季送五年就撒手人寰了。

再次成为孤儿的季送饱一餐饿一顿，瘦得皮包骨，像个小猴。好心的人见他没有衣穿，就送点孩子们的旧衣服。衣服穿在季送的身上松松垮垮的，上衣能罩住屁股，裤筒都能容下半个腰身。季送在裤腰上系根草绳，提一提裤子，裹紧、打结，草绳在胯下掉半截，裤子在腿上皱巴巴一堆，他走在前面，后面就有小孩喊垮裤子——垮裤子。季送甩甩衣袖踢踢腿，一点也不恼，照样和他们一起玩，穿他们的旧衣服。

成年后，季送的个子还是长不高，才一米五。他勤快老实，算盘拨得啪啦响，加上季老爹成分好，被选为季家岗的小队会计。别看季送矮小，手里的权力可不小，计工分，分粮食都得看他的笔杆子。就连仓库的钥匙和大印也是由他掌管。生产队集体出工，没事的时候大家爱闹豁子，看见季送，老远有人带头喊，喂，你裤子垮了——季送，还不快系！季送真的用手这里摸摸，那里紧紧，就有更多的人起哄，季送，裤子垮，快系——会计。

季送当会计没几年就遇上了1959年起的“三年自然灾害”，全队的稻谷用茾子围着，不及往年的零头。

稻谷晒干后锁在仓库里。仓库是地主季昌的正屋，土改后成了队里开会储粮的地方。季昌一家8口挤在后屋。仓库的门上有把大锁，钥匙队里几个干部才有。往年每到开仓分粮的时候，仓库就是最热闹的地方，队里的男女老少，带上簸箕箩筐排长长的队等候，大家笑笑嘻嘻拉着家常，说些荤话，小孩子在旁边穿进穿出，打打闹闹，比过年还热闹。只有季昌家的缩在人后，等所有的人分完了，队里给一点是一点，低着头慢慢回家。

眼看着要过春节了，粮仓里只有少量粮食和一些粮种，饥饿让乡亲们对仅有的粮食虎视眈眈。队里派了专班每天轮流守仓库，为了防止偷窃，苇子里的粮食用耙子抚平，再用大印盖上一圈字作记号。印是用木板特制的字，有个活动的匣子，匣子里装着草木灰，转动开关，从匣子里漏下的草木灰掉到粮食上，形成完整的“粮”字。如果有人偷粮，粮食会滑动，字迹会变形，追查出来轻者挨批斗，重者判刑。

季家岗好久没有分粮，木印一直放在季送家里。队里家家缺粮，连光棍季送每天都喝着照得见人影的野菜汤。

天气越来越冷，到处荒芜一片，想挖点儿草根都不可能了。大队长反复强调，守好粮仓，过年的时候家家分一点，到明年开春就好了。

这天，轮到季送守粮，屋外寒风呼啸，仓库内空旷冷寂。从后屋传来老人长长短短的呻吟，伴随着孩子们的哭闹，一声赶一声，季送知道是季昌家的老人和孩子太饿。季昌的老母亲在一次批斗时脑溢血倒地，就一直瘫痪在床，五个孩子，最小的才一岁。躺在木板床上，季送翻来覆去，怎么也睡不着。到了后半夜，哭闹声逐渐减弱，断断续续地，被寒风送到耳边更加瘆人。季送起身披衣下床，悄悄走近后屋，就听到季昌老婆悲悲切切的哭喊，孩他爹，这可咋办哦，妈和五子怕是要饿死了……

季送一阵寒噤，回到仓库，围着苇子转了一圈又一圈，捧把小麦闻了又闻，最后把门打开露出一条缝。

狂风把半掩的仓库门吹得咣当作响，季送的鼾声如雷。

后半夜，一个身影蹑手蹑脚地钻入了仓库，麦苇子里窸窸窣窣。

第二天，天放晴了，队里准备分粮过年。欢天喜地的人们没有发现麦苇子里新印的“粮”字。

季送当了十几年会计，个个叫他裤子垮。他一生未娶，死时季昌家的五个孩子为他披麻戴孝，棺材里的他穿着一套合体的中山装。

他们一直记得，那个冬夜，一包小麦，一个木印的“粮”字。

娘的八斤宝

八里冲有个八斤宝，先天智障。八斤宝是爹妈对他的称呼，孩子们都叫他傻儿。

八斤宝的娘叫李秀娥，是个高大俊俏的女人，脸面白净，说话温和，人人喜欢。爹是娘的表哥，老实巴交，患有痨病，娘嫁过来就没让他做什么事。

傻儿肥头大耳，十几岁了还流涕拖涎的，咿咿呀呀傻笑，整天瞎乱转，今天捏死这家的鸡仔，明天追打那家的娃娃，人见人厌。一次孩子王小贱气不过，瞅着没人，带着贵狗、三明把他堵在巷子里一顿死打，傻儿杀猪般号叫，等他娘心急火燎赶来，孩子们早就没影。傻儿娘心疼得掉泪，追问傻儿是哪个打的，傻儿边哭边指，他指哪家，娘便拉着他去哪家告状。小贱妈是个老实人，赔了小心还教训了小贱，贵狗妈刁蛮泼辣，傻儿和娘一走，她就扯起嘴角讥讽：一个傻儿，还当个鬼八斤宝！

傻儿还真是娘的八斤宝。生产队的池塘埂上大伙喝着能照进人影的稀饭，傻儿提着裤子嚼着用麸皮煎的黄亮的饼，鼻涕呼噜呼噜，嘴巴吧嗒吧嗒。大伙就逗他：八斤宝，鼻涕烙饼好吃吗？傻儿手舞足蹈，嘿嘿，好，好吃。说着说着，撩起袖子擦鼻涕。大伙笑得更欢。

看见八斤宝，冲里人便摇脑壳，说那么能干聪明的娘，咋就生出个傻儿？近亲结婚的多的是，偏偏她倒霉，生个累赘。猪养壮了还能卖钱吃肉，拉的屎能肥田。个傻儿，流口水，擦鼻涕，踩牛粪，玩泥巴，糟蹋了娘千针万线做的衣服鞋子，那些衣鞋可是一流的手工哦，可惜！

大年初一，隔壁燃放的爆竹在地上嗞嗞跳跃，傻儿穿着新鞋去踩，爆竹钻进裤腿，引燃了棉裤，吓得他乱蹦乱跳，乱抓乱叫。傻儿娘跑出来顾不得烫，伸手抓出爆竹，捏熄了棉裤里蔓延的火星，手变黑起疱也不恼，慢慢地哄劝着八斤宝。傻儿烦，捡起石块打她，还结结巴巴地喊：烫，烫死了，李，李秀娥，你，你，你妈的……旁边看热闹的孩子起哄：傻儿骂娘哦，打妈哦。傻儿娘一瞪眼睛：瞎说，拿过去玩哈！孩子们便嬉笑着散开。

傻儿越长越高，饭量越来越大。傻儿爹痨病越来越重，更做不得事，屋里屋外的活全落在娘身上。傻儿娘照看他的机会就少了，由着他痴痴呆呆，满田满畈跑。

突然有一天，傻儿娘在稻场上哭天抢地，原来是傻儿不见了。接下来傻儿爹娘一个湾一个湾寻找，逢人便打听，见水泥杆贴寻人启事，甚至乘火车去找仍然找不到。

在一个午饭时分，家家炊烟袅袅。傻儿娘端起砧板提着刀，从湾南头开始骂，砍砍剁剁到北头。骂那些有娘养没娘教的“乖乖孙”欺侮她儿子，骂那些看不起她儿子的“王八蛋”不安好心撵走了他。她披头散发痛快淋漓地发泄，直到精疲力竭瘫倒在地。小贱妈、贵狗妈把大门关得死死的，生怕她的咒语穿进了墙壁。

闹过后一连几天傻儿娘都没有出门。

再出现的时候傻儿娘红肿着眼，瘦得像个麻秆。

等　待

父亲躺在床上，面色潮红，双目紧闭，嘴巴大张。他已经三天没说一句话，没动一下身子。

我和母亲一直守着。隔一会儿，我伸手探探父亲的鼻息，再隔一会儿，母亲凑过去喊一声“老头子”。父亲还有气，只是很弱，他也能感知一切，那搭在胸前的双手，手指偶尔会微微颤动。

父亲是在计算日子，从腊月发病住院开始。

父亲在村里当了一辈子会计，脑子清白，人也清白，账务上从没有出错，活了70年，从没有和任何人红过脸，只是每次犯病脸色绯红，尤其是这次，红得发亮。医生都说了，危及他生命的不仅仅是结核杆菌，更是肺心病心力衰竭。每次发病住院，父亲都靠氧气维持，起初他舍不得钱，偷偷拔掉氧气管。我说，氧气是按时间计费的，不用也算钱，他就日夜挂着。父亲不想死，他在山里苦了一辈子，好不容易把子女供成了城里人，他才搬来城里不久。弟弟为他买的电梯房是新的，空调、席梦思床、围巾手套、毛皮鞋都是新的，父亲为儿女设计了城里人的生活，自己也想过过。他喜欢氧气，山里有个说法，要死的人，挂上氧气都能活过来。

父亲挂了几天氧气，能呼吸了，可不能排尿，全身水肿。从脚下开始，肿到脸上，水汪汪的。医生给利尿药，他起不来，上厕所困难，就想儿子。养儿防老，儿子应该来尽孝。可弟弟在部队，回不来。父亲躺在病床上，每天问日子，数日子。数到了春节，弟弟说带队值班回不来（弟弟是个军官，军官更要以身作则）。父亲很委屈，埋怨母亲只生了一个独子。母亲说，平时你总说，养儿不在多，一个顶十个，今儿个嫌少，是你要咱儿有出息的呀！父亲不说话，又算日子，算到过月半，年小月半大，儿子总该回来吧?！弟弟又没回，升职了，调到了更远的地方。父亲很失落，恰遇倒春寒，病越来越重。老家有人来探望，说起村里谁谁死了，一群儿子在外打麻将，送终的人都没有，死了阎王不得收。他听着越发心慌，天天红着脸念叨，“我要我儿子，叫儿子回来！”母亲说，“咱儿是公家的人，不能说回就回的，你不能拖后腿。”父亲很犟，说，那我死了，儿子总能回吧？母亲没好气，呛他说，“你还没死呐！”父亲气促，“我儿回来我就闭眼，不耽误部队时间”……母亲劝道，“好好的，莫说晦气话！”

父亲不闹了，昏沉沉睡觉，一连几个时辰毫无声息。有时会突然醒来，瞪着空洞的眼睛问，“今个么日子?”

拖了一个多月，父亲有天醒来要出院回家。医生没有阻拦，他浑身水肿不像样了，药物完全不起作用，氧气也只能增加心脏负担。医生说，反正是拖时日，回家也好，尽量满足他，让他安心走。

父亲的愿望是，要儿子回来。他催，“快点打电话，要不然我儿看不到我了。”

弟弟想回，在电话里一再喊：“伯伯（山里都这样叫），您坚持住，我给上级请假，批了马上回的。”

父亲听完，舒心地笑：“好呐，儿，我有人送终了，在阎王那边就不是野鬼”。他把双手放在胸前，计算儿子回来需要几天。一天是一根手指头，一只手五个指头全掰下去了，等来都是儿子的电话。

父亲烦了，扯起嗓子叫，“儿呐，我的儿，快回来……”喊累了就睡，睡得好好的，突然大汗淋漓惊醒，醒了就问，“今个么日子——快到清明了吧?”

父亲不能吃，不能喝。我用棉签蘸水润湿他的嘴唇。他喊儿子的声音越来越小，但生命力很强，他在等。

那天夜里，父亲睡着了，母亲和我都累，也睡着了。睡得沉，是被父亲喊醒的。他的脸红彤彤的，惊艳惊悚，急切地喘气，“快点，打电话，叫儿回，我真的要死了——看，我喝了半瓶酒。”

我们不信，父亲对酒过敏，平时滴酒不沾。可地上有半瓶酒，有拆掉的盒子，屋里有浓浓的酒气，有父亲的哀求：“莫哭——我心口痛得很，快打电话……让我看一眼我的儿！”

弟弟是请假坐飞机赶回来的。看到堂屋里的地铺，他喊着“伯——我回迟了”双膝跪地，恸哭失声。

父亲去世那天是清明节，好多人说他会算日子，有壮实的“八脚”抬上山。因为山里人重视清明，出门在外的年轻人即使春节不回家，清明节也会回来祭祖。

山风呼啸，像是父亲的叹息。弟弟跪在坟前，迎风哭喊，“伯，我不该对您说清明批了三天假啊！”

“冲担”挑出的上学路

在我老家，“冲担”是家家备用的农具，它形似扁担，比一般的扁担长而尖锐，圆圆滚滚的，中间略宽，两头逐渐变细上翘，翘起的尖头处包裹着铁皮，锐利耀眼。因为长，依据杠杆定理，可以担更重的货物，因为锐利，可以冲杀。“冲担”的冲杀对象是麦子和稻穗，每到麦收和秋收季节，满畈金黄的农作物都是用人肩靠冲担一担担挑回来的。

村里人世代耕种为生，一根好冲担用几代人。血与肉的契合，使冲担颜色油亮，弯曲变形，铁头变短，铁皮下的木头光润。我家的冲担有两根，旧的属于母亲，新的为我所买。因为新，长而重，白木的螺纹清晰可见，两头翘起的铁皮尖得让人发怵。

我怕冲担其实不是怕它的尖头，是怕那大几十斤的“草头”。草头不是草，是新割的稻穗捆成堆，一头是草秆，一头是粮食。

那年 8 月，父亲肺结核复发，姐姐患有腿疾，然而秋收不等人，一家人照样在稻田里忙碌。太阳在头顶火辣辣地燃烧，父亲的咳嗽应和着远处的蝉鸣，让人憋闷得透不过气。我站在草头旁，瘦瘦的身子比草头高一截。母亲不停地叮嘱父亲说，娃太小，捆小点儿多跑几趟。父亲看我一头的汗，把要扎的草绳松开，姐姐赶忙放下抱着的稻穗，去草头上退一把。捆好的草头横卧在地，我把冲担攥在手里，双手合力使劲向一个草头刺去，随后弓背上肩，双手压住冲担空着的一头，就势扎进另一个草头，我的力用得过猛，铁头都戳着泥地了，草头歪了起不来，母亲帮忙抬，姐姐帮忙拉，着急的父亲在旁边像拉风箱样哮喘。终于，草头起肩，我趔趄了几步，站直平衡，迈开步子。

俗话说“路远无轻担”，我家的田地远，一个来回得半个多小时，冲担粗糙的表面磨得我颈部生疼。已经是第三担了，汗又在身上炸开了花，前方模糊一片，抹一把汗水，双手赶紧托住冲担，生怕火烧火燎的双肩撑不住重量，也怕机械木头般的双腿被石头绊着。这可是盼了一年的收成啊，一颗也不能撒下，轻的草秆是朝上的，饱满的谷子恰恰朝下，落下要糟蹋谷子，再痛再累都得忍着。担子中途不能放下，别人能合着冲担上下起伏的节奏迈开步子，我的冲担没有弹性；别人靠换肩歇气，我很小开始右肩挑担，一到左肩，双腿打颤。不能换就加快速度——跑，向前跑，不顾头重脚轻，不管谁在和我打招呼，闷头向前。翻一座山，下一个坡，走几道田埂，趟一条小溪，过一座小桥，再上坡就是稻场。近了，双腿却像绑了铅块提不起来，十步，九步，八步……忍不住了，实在撑不住了：腿一软，颈一缩，腰一弯，一个趔趄，身子前倾，我双膝跪地，草头哗然砸落。道场上的人叫着围过来，有人惊呼，妈呀，女娃的肩膀都流血了！有人叹息，是哦，还肿了个大包……在后面的母亲甩掉肩上的草头来拉我，我放声哭叫：妈，卖了谷，我还想上学！

母亲拥着我，我们哭作一团。

8 月底，“冲担”完成使命放在阁楼，我和母亲用竹制的扁担一人挑了一担谷子去粮站。十五岁的我最终用“冲担”挑出了一条女娃的上学路。

且读且珍惜

在我的书柜里，有一包珍贵的遗物，是父亲留下的。遗物里有一本《泰戈尔文集》、几本摘录和读书笔记。书页已经泛黄，购买的日期是1990年11月。那是我在荆门读卫校的第一个冬天，十六岁的花季里，交织着寒冷、饥饿、孤单、彷徨。靠什么打发陌生又迷茫的日子？唯有读书。我节衣缩食买来这本书，如饥似渴地读写，激情澎湃地吟诵。泰戈尔，这温暖的智者，慷慨地为我开启了一扇知识之窗，文学之门。

书的世界宽阔而美好，以至于我曾经梦想当个图书管理员，抑或摆个书摊。我把书当做最好的朋友，可是，我不知道是在哪一天，弄丢了它。是为了一身轻松去工作，我把泰戈尔抛弃在老家？还是为了一本正经地做家庭妇女，我把读书抛在了脑后？我的老父亲，多么了解自己的女儿，他知道我只是暂时失忆，总有一天会记起，重拾最爱。便偷偷拾起，珍藏着，二十多年！

翻开读书笔记的塑料外皮，首页有红色的“奖”字。尽管褪色，我仍能看见父亲轻抚过的痕迹，也能感知他喜悦的微笑。笔记本上的字稚嫩、有力，那是青春萌动的我，挥洒而出的隐秘心思和大胆畅想。“使生如夏日花朵之绚烂、死如秋天树叶之静美”，我能想起当年读泰戈尔诗句的情景：嘴角拧起骄傲的微笑，浓情泼墨一束鲜花，龙飞凤舞“生如夏花”四个金字。难怪泰老先生感叹：“年轻时，我的生命犹如一朵花”，我又何尝不是？花样的年龄，如花的少女，我张扬的青春里哪里会有死亡？多年以后，父亲用“秋叶静美”的离别诠释了死亡——“天空中没有翅膀的痕迹，但我已飞过”。

冥冥之中仿佛有预示，父亲去世前天，我的心恍惚不安，隐隐作痛。坐不住，站起，顺手翻开桌上的《人民文学》，入目就是女作家塞壬的散文《悲迓》，那“如诉如泣，激越，哀婉，百转千回，有咯血般的痛楚”的楚剧唱腔，凌空而来。父亲喜欢楚剧，20世纪80年代初，村里有个楚剧团，巡回演出的《四下河南》《葛麻》《徐九经升官记》等剧目，他百看不厌。心情好时，他唱；心情不好，也唱，用哭一般的颤音来表达人生的喜悦与哀愁。读完《悲迓》，我百度影音《四下河南》，一点开竟是《哭灵》那节。悲怆汹涌而来，我泪流满面，不由自主跟着唱起了悲迓……张爱玲说，“短的是人生，长的是苦难”。父亲的苦难终结了，这世上爱我的人又少了一个。连续十多天，我无法入眠。梦境的甬道处是跌跌撞撞的碎步，长歌当哭的悲迓。有谁，能填补我那塌去一半的天空？混沌中，我又捧起《泰戈尔文集》。“我们热爱这个世界时，才真正活在这个世界上”，这话如闪电。我的父亲，他一生热爱这个世界，热爱才是真正地活着。他没有走，因为他的爱，还在。我有什么理由沉沦？我应该庆幸身边有健在的母亲、聪明的女儿和血脉相连的亲人；自己有健康的身体、稳定的工作，还有不离不弃的书籍相伴。我活着，拥有着父亲生前热爱的一切，怎么不去好好珍惜？

我仿佛听见父亲说：“孩子，静下心来，去读书”。是的，我要沉下去，虔诚地热爱生活，且读且珍惜！

我是你哥

何乡绅五十岁才盼到一根独苗，做满月那天鞭炮齐鸣，锣鼓喧天，流水席摆到月上枝头。

席间何乡绅打躬作揖，一一敬酒，老乡们喜笑颜开赞誉连连，夸这孩子眉清目秀，天庭饱满，必定是大器之才，将来中举升官，门庭兴旺。乡绅中过秀才，把所有的希望寄托给儿子，取名耀祖。

耀祖长到两岁多，白白净净，粉粉嫩嫩，活脱一个小女儿的模样。乡绅眼见着欢喜，心底又有隐隐的担忧：莫非这孩儿是女子脱胎？果真那样，没个兄弟相助，如何能撑起偌大的家业？

乡绅田多地多，家境殷实，但耀祖吃得再好，只长个子不长肉。那脑袋倒是大得出奇，也格外聪颖。乡绅婆眼看着自己没有继续生养的可能，领养了一个娘家侄儿，取名光宗。

光宗比耀祖大十岁，乡绅没有把他看外，让耀祖叫他哥。光宗话少，实诚。玩耍时是耀祖的跟班，读书时是耀祖的书童。老两口为耀祖的将来铺满了锦绣，指望他平步青云，兄弟俩光宗耀祖。哪料想，一场土地改革，乡绅被打成地主，白天被乡亲们游街，斗得口吐鲜血，夜里偷了把菜刀抹了脖子。

土地运动还在继续，乡绅畏罪自杀，斗争的矛头转向了地主婆。地主婆挨批斗的时候，光宗与她划清了界限，说自己是个孤儿，地主家把他当长工，你们不信问地主婆。老婆子弯着腰，头像母鸡啄米，说，是的，是的，我有罪。批斗完毕，又向光宗乞求，儿，我罪有应得，可耀祖还小，不懂事，你是他哥，要照顾下他。

耀祖不是还跟着光宗吗？一句话惊醒了大家，这老婆子逆来顺受，大家的拳头像打在棉花上，简直没意思。不是有个耀祖吗？一个地主的崽子，快十岁了没做过一天农活，凭什么他就是好命？对呀，去找他，找来，让他尝尝苦头。光宗，你不是恨他们吗？现在是你表忠心的时候，把那地主崽子揪来，让他下田锻炼锻炼。

耀祖被揪出来了，早有人扯掉了他的衣服。太阳下，浑身白生生的，汗水在一根根肋骨上滚动。他低着头，两手被自己的裤腰带绑在一起，手指提住短裤头，被一群人嚷嚷着推向田畈，只听得光宗大声叫骂：兔崽子，快走，别怕踩死了蚂蚁！

正是秋收时节，头上日头正当顶，田里刚割的稻穗在打蔫。光宗刚把耀祖的手解开，就有人催他下田。耀祖从没有下过田，哪晓得怎么做呢？偏偏稻茬把脚扎得生疼，虫子蚂蟥又欺生，黏在白瓷般的腿上，吸了血拉都拉不掉。耀祖傻站着，走不敢走，躲没处躲，哭也不敢哭，成了大伙的笑料。光宗看他不争气，快步走过去，一巴掌打过去，吼道，蠢货，不会做去找刘三爹教，省得在这丢人现眼！

耀祖弯腰用手把稻子拢在一起，再合抱起来送给捆草头的刘三爹。刘三爹以往是他家的长工，看耀祖成了泥巴人，手背被稻子划成一条条红印子，腿上也伤痕累累，便把褂子脱下穿在耀祖身上，叫他少抱一点，走慢一点，还教他稻穗要横着抱在腰间，竖着抱稻穗会戳眼睛，走路不方便。总算挨到太阳落山，收工回家时，光宗抢在人中间，又把耀祖一顿臭骂，还对大队长告状，一个没用的东西，啥都不会做，只会抱抱子。

大队长听了好笑，这地主的崽子就该整，你今天做得好，以后把他看严一点，管紧一点，我他妈就不信他天生是公子哥！

耀祖跟着刘三爹抱了两天稻谷，地主婆在大坝上修堤，冷不丁偷偷瞅一眼，泪珠合着汗水直往肚里吞。光宗看不过去，吼道，哭顶个鬼用，要活命就要靠双手！

地主婆不做声了，她怕队长说她偷懒，把她隔离起来做事，连白天也看不见儿子。从被抄家那天起，她就住在隔壁村的牛棚里，牛棚潮湿，臭气熏天，蚊子苍蝇密密麻麻，她的脸黑瘦蜡黄，那些粗糙的食物摧残着她的身体。挨饿批斗都不怕，就怕儿子有个闪失，做梦都想和儿子说说话，趁人不注意，她走近光宗，说，儿，我想见见耀祖——光宗睃了一眼四周，大吼一声，快走，磨蹭个鬼！

老婆子咬咬牙，忍住了眼泪。

是夜，月朗星稀。两个人影溜进了牛棚。不一会，牛棚里传来凄凄切切的呜咽。哭声惊醒了民兵连长，一声号角，满湾的青壮年被召集起来了。

人们堵住了牛棚。牛棚里，耀祖和他的母亲瑟瑟发抖。大队长厉声问：哭啥？觉得冤是不是？说说，政府怎么亏待你了？

没话可说吧，犯贱，给我整！

大队长一声令下，早有一根扁担劈来，地主婆闪身抱住耀祖。扁担偏了。

还真的反了天啊！一旁的民兵连长顺手抄起一个大棒。

别打！随着喊声，从草堆里窜出一个身影，猛地扑向母子俩，紧接着，传来木棒沉闷的撞击声。

耀祖——莫怕，我是哥——那人喊着，摇摇晃晃。

月光，静静地；几盏油灯照过来，只见光宗头破血流，脸色煞白。

人们看见连长手里的木棒变红了，木棒上的长钉子滴着血。所有的人愣住了，看着光宗慢慢委顿下去。

春　花

春花出生在牛脚湾。牛脚湾三面环山，山下有条小河，河面有座漫水桥。

娘生春花的时候山花烂漫，娘爱美，人也漂亮，娘就想女儿也像花一样美。

春花确实很美，和娘一样皮肤白，瓜子脸、大眼、小嘴。至于她像不像父亲，谁也说不清楚。

春花娘是个寡妇，爹有痨病，娘嫁过来两年爹就去世了。

生产队出工，娘总能受到照顾。娘漂亮，身材也好，穿的衣服也光鲜。娘去河边洗衣服，春花蹦蹦跳跳地跟着，就有人在后面嘀咕：讲究么事，池塘就不能洗？把河里的吃水都弄脏了。

春花娘似乎没听见，仍然提着一桶衣服，绕过池塘，过几条田埂去河边。河水又清又亮，漫水桥下娘把衣服在水里撒开，鱼儿呼啦游走，水草随着水波摇曳。

娘走到哪里，都带着春花。大点的时候，春花想和伙伴们一起玩，但是谁也不要她。牛脚湾偏僻，很穷，最穷的是三狗和四丫家。三狗爹娘有病挣的工分少、四丫姊妹嘴多，两人总觉得没吃饱。春花有零食，就用蚕豆、花生、麦芽糖，哄得三狗、四丫跟着跑。

三个伙伴去的最多的是漫水桥，躲在桥下玩，大人看不见，三狗和四丫才不会被父母吆喝走。

春花十岁那年，出落得水灵精怪。七月天发起洪水，水漫过漫水桥，又淹了田地，到处昏黄一片。春花在家憋了几天后出了太阳，河水退了好多。春花装了一口袋蚕豆，馋得三狗和四丫口水直流。春花说我们去趟水，到河那边分着吃。三个孩子就挽起裤腿手牵手过桥。四丫最大胆走在前面，春花在中间，三狗收尾。水是昏黄的，漫过膝盖，只能用脚慢慢探路。四丫说，如果我先到那边，蚕豆就分我多些。春花刚想说好，只觉得手一沉，本能地一拉，倒把四丫的手拉脱了，眼看着四丫滑进了河水里。三狗吓得大叫：四丫，四丫！水流不是很急，四丫在水里扑腾，起起伏伏，春花待了一瞬，转身就向湾里跑，直着嗓子喊救命。等湾里人赶来的时候，四丫早没影了。

湾里的人都说春花是个妖精，祸水，像她母亲一样。三狗的父母拿竹条把他抽得哇哇叫，直到他保证不和春花玩才罢手。

春花隐约听见有人在后面喊私生女，春花不懂。

湾里的孩子很少读完小学的。春花小学毕业了，娘还要她读初中，娘说：好好读书，你走出牛脚湾就好了。春花的成绩不好，复读初三还是没有考上高中或中专。

春花长得美极了，尤其那双眼睛，把三狗的魂都勾走了。初中毕业春花 17 岁，不会绣花，农活也不会做，没事拿本书去漫水桥，呆呆地看水，看鱼。三狗老远地看，傻傻的。

那个暑假，春花娘去了趟镇里，回来后春花进了镇里编织厂。

三狗的父母已经去世，他到城里做泥瓦匠了。牛脚湾的人见了春花仍然绕道。

上班后的春花像只金凤凰。娘很开心，娘说你现在是合同制工人，以后找个好婆家，说不定吃公家饭呢。春花说您莫操心，我心里有人。

娘一听说春花的相好是编织厂厂长的儿子刘成，娘就急了：这事不能成！从小到大，娘什么都依你，就是这事不行！春花也急：刘成哥有什么不好，人长得帅又能干，好多女孩追他，而他只喜欢我，您为什么不准？娘变得不可理喻，娘说就是不行，娘求你了！看春花还是无动于衷，娘抓起一瓶敌敌畏，娘说你再不听，我就去死。说着就拔开盖要往嘴里倒。春花扑过去抢下药瓶一把扔了，药瓶骨碌碌直滚，药液一窜一窜向外流。春花瞥了一眼娘回了镇里。

春花前脚走，娘后脚也偷偷去了编织厂。

才过几天，老板强迫儿子娶了另一个女孩。

春花回到了牛脚湾，总感到背后有芒刺的目光，春花不出门。

躺着的时候，娘小心翼翼把饭送到床头，娘说吃点吧，一点也行，春花不看不理；春花下床，娘远远瞅着，跟着。春花闷闷的，冷冷的，娘就苍老了许多。

冷战了两个月，三狗回来了，三狗当了小工头，人也精神。三狗说：花，我打小就喜欢你，嫁给我，我会对你好。意外地，春花答应了。

三狗怕湾里人嚼舌，在城里买了套房子。春花出嫁的时候娘给了很多陪嫁，风光极了。

七个月后，春花生了个胖儿子，三狗的鞭炮炸了一天。给外孙洗三的春花娘乐坏了。娘说：花啊，以后，你和三狗好好过，会有福享的。春花不言不语。

渐渐地，一家人发现孩子不正常，送到医院检查是软骨病。三狗说，只要能治好，花再多钱我愿意。医生说先天的，没法治。三狗的脸苦着，继而变阴。

三狗的工程越做越大，回来也少了。春花和娘因为孩子偶尔说说话。

那夜，月亮很圆，春花抱着孩子在窗前暗暗落泪。娘过来了，娘看着春花，小声问：你还想着刘成？

春花扭过头，忍不住痛哭失声，春花哭喊：娘，我们孩子都有了，您，为什么不同意？

娘看看孩子，再看看春花，心直抖，娘颤声问：这孩子——不是早产？刘成的？

春花咬着嘴唇：——是，刘成的，我发觉怀孕才嫁给三狗，这结果，您满意了吧！

作孽啊，老天！娘天旋地转，摇摇晃晃地靠在墙上。

第二天，娘双眼红肿，娘说：孩子我带回去好好养，你去找三狗吧，日子朝好处过。

娘带回孩子不久，孩子就死了。孩子死的当晚，春花娘在漫水桥跳河了。

牛脚湾里的人风言风语，都说孩子死得蹊跷；说春花娘那么硬气的人咋有想不开的事呢？

春花在城里，又怀孕了。这些话她和三狗是听不见的。

只是在梦里，春花常常回到漫水桥。

白瞎子聋队长

清明前夕，北山坡添了两座新坟，夹竹桃这边葬的是瞎子，山沟那里埋的是聋子。

瞎子是真瞎，先天的。有句古话说，龙配龙，凤配凤，老鼠生儿会打洞。瞎子本该找个残疾人，但那个年代讲究家庭成分，残疾人有时比地主好找媳妇，比如聋子队长找的女人就不少，一直找不到老婆的地主娃光宗就捡了个便宜，娶了瞎子。

说光宗捡便宜的，是队长。队长的外号是聋子，但他是假聋，他是在造反的时候失去了一只耳朵，另一只不聋。聋耳朵为他换来了威望，还当了队长，每天早晨他把铁哨子一吹，家家户户的劳动力都会走出来出工。

聋子队长是最忙的人，攥着全村人的温饱；也是最闲的人，从不需下田干活。他冷不丁打着背手在田间地头做监工，冷不丁溜回湾里瞄喂奶的小媳妇。队长是在一个阳光明媚的上午盯上瞎子的，队长瞅着在门口搓衣服的瞎子，满眼是亮堂堂的白：白脸盘，白颈子，白胳臂……

聋子，你干啥？瞎子突然扭过头对着他，眼睛里晃过两道白。

看你呐，这俊的媳妇，就兴光宗个龟孙快活，不准我沾沾腥气？队长嬉皮笑脸地朝瞎子走去。

你莫欺侮我，我眼瞎心里亮堂，你肚子里有几多坏水，我还不清楚？瞎子的声音很脆，露出两排白瓷牙。

那是，坏水多了，匀一匀给你，免得我肚子撑得慌。队长说着，猛地弯腰抱住了瞎子。

湾子里很静，墙角的狗“汪汪”叫起来。瞎子脸红到耳根，却没有反抗，只嘀咕说，我们家粮分少了，都吃不饱。队长奸笑，说那还不容易，以后我给你白面，你给我包子。走前撂下一句话，明个，让光宗去上工！

队长让光宗领了一袋白面粉，让他去修大坝。大坝在北山边，山上坡陡，地下石硬。他每天打炮、凿石、挑土，一刻也不能停息，半个月才准回家一趟。

回家的光宗搂着瞎子，身子发飘，声音发颤，说再这样下去，骨头怕是要丢在坝上了。

瞎子心里疼得慌，愧得慌，也堵得慌，一遍遍地给光宗按摩，又赶着给他烙了十几张饼。

队长再来占便宜，瞎子咬了他的耳朵，说，人做事，天在看，小心遭雷打。

队长摸摸咬红的耳朵嬉皮笑脸，说，我是聋子，打雷听不见。瞎子翻了翻白眼说，话是有毒的，你不怕中了口毒？队长哈哈大笑，话毒怕啥，就怕你牙齿有毒。

队长才走，北山一声巨响，地动房子摇。瞎子心一沉，摸根木棍向大坝方向探，一路上，不时有沙石打在她的脸上、身上，到处是杂乱的尖叫声，奔跑声。

光宗没有逃过此劫，他在清理哑炮的时候，被炸得七零八落。

瞎子想哭，没有眼泪，磕头作揖求人寻找男人被炸飞的肢体。大伙把找到的尸骨装殓起来，埋在北山坡，所有的人都走了，瞎子还坐在坟前一动不动。几天后，有人发现光宗的坟堆旁栽了两棵夹竹桃。

瞎子还住在老屋，没事就去北山。夹竹桃开花了，白色的花朵层层叠叠。到北山两里多的路程，瞎子能嗅着花香来来回回。她家在湾中间，总有人从门前经过。偶尔，她会主动打招呼，听到的人“嗯”一声就走了，谁也不以为意，独独队长害怕，因为只要他一出现，瞎子就喊那句：“人做事，天晓得，小心遭雷打。”

队长没有被雷打着，却因为一阵风瘫了，我们老家称中风叫一阵风。瘫了的队长躺在厢房里整天叫唤，隔壁几家打麻将的被他吵烦了，咒他怎么不死。他儿子在外打工，儿媳嫌脏绕道走，老婆子年轻时受够了他的窝囊气，加上年老体衰，没上心去服侍。每天一次性把吃的从窗口塞进去，水是不给的，还在垫絮床单上挖了洞，床下放个粪桶，拉屎拉尿不闻不问。

队长死得很蹊跷，不知是谁用夹竹桃枝串了好多包子，让他做了饱死鬼。

北山是湾里的坟山，队长才葬几天，瞎子也死了，说是用偏方治牙疼，喝了夹竹桃叶煮的水，结果中了毒。

瞎子被埋在夹竹桃下，紧挨着光宗。太阳下，白色的花朵亮堂堂的，直晃人眼。山沟那边的坟孤零零的，花圈被风刮得七零八落，沾满了厚厚的泥垢。

寒　冬

自从娘走后，二妮发誓再也不回娘家。可这忙时忙月的，娘家带信说大妮的儿子出了车祸，要二妮赶紧去。

二妮一跺脚，说了句“作孽哟”，抹了把汗水往娘家赶。

娘家在平原地带，二妮家在山里。娘家远，山里穷，二妮这是第三次回娘家。

二妮本来可以嫁得很近的，可那是“无媒不成亲”的年代，婚事讲究年命八字相合，当媒人要二妮的年命八字时，娘答不上来。娘说瞎编不得，万一八字对不上，毁了闺女的前景。没有年命八字，好看的二妮人矮一截，命低三分，嫁到了山里。

二妮第一次回娘家，是在春节后。她翻过几十里山路，又走了几十里平地，背上的20来斤糍粑，把肩勒破了皮。寒风冷冻大雪飘飘的日子，内衣都汗透了。大妮本来是出屋接二妮的，可她摸出是糍粑，手一松扭头走了。糍粑砸在雪地上，砸出深深的坑。

二妮的心砸疼了，那是家里仅有的一小块稻田种出的糯米呀，那是自己千辛万苦打出来的糍粑呀，姐姐不稀罕。姐姐是当家人，娘把她当儿子养，招了女婿，撑了门户。姐姐不稀罕，回娘家还有啥意思？

二妮不回娘家，却忍不住想娘。老家有句话“养母大如天，生母放一边”，二妮不怪娘，只怪自己穷。娘说得好，人各有命，好日子靠各人奔，自己是个年命八字都没有的人，能活着就不错了。偶尔，二妮会想另一个娘：她长得啥样？生我是哪一天？为什么不要我？

想归想，两个娘都是模糊的，都在远离自己的生活。可偏偏在二妮的心渐渐平复的时候，娘死了，娘喝了半瓶敌敌畏，发现的时候早已僵硬。

好端端的，娘怎么会喝药呢，还选在家家准备过年的时候？二妮不相信，估摸着是不是娘想闺女了，让自己回娘家；又觉得不对劲，老话说“腊时腊月，不能瞎说”，死人的话是禁忌。这样想着，二妮凄然喊了声“娘啊”，悲悲戚戚往娘家跑，又慌忙转回来叫男人去买毛毯，买最好的，最贵的。娘家的习俗，对过世的老人除了要带香蜡纸炮，花圈，还要有毛毯或床单，和挽联挂在一起，叫“挂轴”，挂轴越多越排场，挂轴越厚实，与亡人的关系越亲近。

娘停在堂屋里，大妮的哭诉一阵赶一阵：娘啊，您不该走这一步——娘啊，您没享到福哇，一声哭诉一个长长的抽泣。二妮只会傻哭，眼泪如断线的珠子，就是诉不出来。

不时有人来劝二妮，说人死不能复生，莫哭坏了身子。还有的拉二妮起来，说你身上的雪化了，棉袄都能拧水，快去换换。二妮被人搀进房里，马上有人说：二妮呀，你娘造孽呐，病了好久哦，去找大妮要钱看病，大妮不准她进屋。你娘生气了，在门口骂大妮是畜生，吞了她的钱，那钱是别人寄给她的，大妮取了不给。你娘的话，咱都没在意，哪晓得她会走绝路哟。

谁会给娘寄钱呢，娘老了，病糊涂了吧，可不管寄钱是不是真的，大妮应该给娘治病啊。二妮心里不舒服，什么也没说。

安葬了娘，二妮突然发现挂轴上自己买的那床毛毯不见了。十几条毛毯原本都搭在堂屋的竹竿上，要等到烧完“五七”才算作遗产平分的。二妮提醒大妮，姐，少了床毛毯呢。大妮没好气，说，我哪里晓得！二妮忙说，丢毛毯事小，我怕五七没过——不吉利。大妮剜了二妮一眼，走了。

毛毯一事，哽在二妮的心头。没想到怕事有事，大妮的儿子秋收时翻了车。

见到大妮，二妮打了个哆嗦。这哪是大妮啊，腰佝了，头发白了，人恍恍惚惚的，像被抽走了灵魂。

看见二妮，大妮直掉眼泪，抽泣着：二妮，这是报应呢，我要晓得你一床毯子也不要，就不会起心眼拿走哦。

二妮说，姐，莫这样想，是祸躲不过的。

大妮哭，是我作的孽哟，老天爷咋地不收我，偏偏惩罚我的儿呐。

二妮拉住大妮的手说，姐，想开点。

大妮突然呜咽起来，我咋能想开呐，我心里压着块石头，呜——呜，我先骗了你，又骗你妈，害得你俩十几年不能相见。

二妮说，姐，你急糊涂了，我没妈，就一个娘，娘死了。

大妮从口袋里摸个东西说，不是的哟，二妮，你亲妈在，这半个玉佩是你的。那年她返城，看娘坐月子有奶，把你送来的。哪晓得后来你妈拿那一半玉佩来找你，娘把你这块给我去认亲……

二妮哭叫起来，姐，莫编，不会的，不会的。

大妮急得汗珠子直蹦，是真的呀，二妮！你妈总在寄钱来，这，我这，还有没取的汇款单……

二妮一下子掉进了冰窟，二妮想问，我的年命八字呢？可嘴仿佛冻僵了。

牛人瘪三

鄂北有个“牛人”叫瘪三，他扁脸大嘴，是个牛贩子，会相牛，更会吹牛。相牛靠看牛的牙口，吹牛靠一张嘴。瘪三能把牛吹到天上，落到地下，死牛吹活，活牛吹死，还能把唾沫星子吹出花来，哄回个小媳妇，没人不说他“牛”。

小媳妇比瘪三小八岁，俊俏水灵，模样周正，对瘪三是实心实意。做牛贩子注定要东跑西颠的，常常是瘪三上了大路，小媳妇还在门口张望。有人就笑骂，球瘪三，老牛吃嫩草，福气倒不小。旁边有人吃吃地笑，瘪三也笑，甩头扬鞭，“嘚儿”一声，赶着牛哼着小曲去赶集。

瘪三才三十出头，只是样子丑显老相，说他“老牛吃嫩草”有些揶揄的成分，其实里面藏着一个故事。

故事里，老牛是头真牛，山里李婆婆的宝贝。李婆婆也就是小媳妇的奶奶，一生的家当就是这头老牛，喂养了十来年，耕田耙地拉东西全靠它。可在一个大雪天，老牛倒下了，李婆婆觉得倒了靠山，哭得伤心。往后的日子可怎么过啊？老的老，小的小，力没有力气，钱又没有钱。李婆婆哭哭啼啼的时候，瘪三遇上了。他探探牛的鼻子说，婆婆，牛还有点气，是受冻了哦，快抱抱草来烧烧。一阵忙乎，牛是救过来了，可没一点精气神。天气越来越冷，眼看老牛不行了，瘪三牵来一头黄牛犊，说来交换。李婆婆哪好意思接受呢，瘪三的嘴巴像两个弹簧片，说牛犊是买来杀肉卖的，和老牛相比，肉还少些。既然要杀一头，留小的总比留老的强；既然是卖肉，肉多自然比肉少赚钱。瘪三到底换了牛，杀了老牛把肉挑到县城，牛气哄哄地在大街上吆喝：牛肉啊，新鲜的嫩牛肉啊，着实赚了一把，更捞到了牛人的美誉。李婆婆靠牛犊种地，把个小孙女养得水灵灵，提亲的媒婆踏破了门槛，她偏偏相中了瘪三，说牛人有板眼。嫁了孙女，才魂归西天。

瘪三讨了小媳妇，生意越做越大，方圆几十里的农户找他买牛卖牛。深山里牛多，谈个生意要起五更，磨破嘴皮子讨价还价，牛到手天要刷黑。夜里好做贼，山上花生、桃子、李子、梨子，瘪三敞开肚子吃，还能带一些哄媳妇。小媳妇在院子里的树下堆了青草，出门望了几回，只等牛、人早归。那棵拴牛的树，被牛蹭破了几块皮，一直不见长。草是小媳妇割的，翠绿鲜嫩，专门喂牛。牛走了一天饿了一天，欠的就是这一口。牛大快朵颐的时候，瘪三的饭在锅里，菜在桌上。小媳妇拨亮灯芯，提一瓶吊酒，你一杯我一口，不一会醉眼迷离。酒把心烧得旺旺的，瘪三指着吃草的牛，顺势搂住小媳妇，嘴里哼哼着，老牛吃嫩草，嘿嘿，嫩草，好吃……

草养牛，牛生钱，钱养生活，生活滋润人。两口子掉进了蜜罐，馋死一湾人，也让一些人愤愤不平。凭啥咱们脸朝黄土背朝天，累死累活，混不到肚儿圆，而那瘪三，肩不扛，手不担的，快活胜神仙？不平又咋地，你能抓把石头打破天？有人反驳。天打不破，天道却渐渐变了，村里的青壮年接二连三外出打工，种田的越来越少。仅有的口粮田，花点钱请机器种植收割多省事，大多数人家不再养牛了。没有牛，生意做不成，夫妻俩既不想种田，也没有技术，更不愿卖苦力，日子如风头上的秕谷，一落千丈。

不知从哪一天起，东家丢小菜，西家丢鸡鸭，放得屋里严严实实的东西也像长脚跑了。不用想，湾里出了知根知底的家贼。别的男人在外找钱，就那瘪三成天游手好闲，神出鬼没的，不是他是谁？狗日的，疏懒好吃，咒死他。那些早看不惯小媳妇的女人们，丢了东西不依不饶，拿着砧板提着刀，对着瘪三家砍砍剁剁地跳起腿子骂。

小媳妇把大门顶得死死的，躲过了一些咒骂，却躲不过派出所的警察。原来有人举报瘪三偷电线，瘪三死不承认，派出所只好扣留了人，派人来家里找赃物。来的是个小警察，踢开瘪三的家门傻了眼：那小媳妇光溜溜的一身白肉站在澡盆里。还没反应过来呢，就听那女人威胁说，来，你敢进来，老娘就喊你耍流氓！小警察才从学校毕业的，哪见过这阵势？骂了声“不要脸”，掩面而逃。

警察一走，小媳妇就处理了赃物。瘪三被放回来，湾里算是消停了。可过了好长时间，还不见瘪三和小媳妇露面，有好事的去瘪三家打探，见院门敞着，地上长了青草，而那棵拴牛的树长了皮，高了不少。

还是人要脸，树要皮呀！咳，球瘪三！湾里人感叹。

一枚硬币

X城新建的火车站位于城郊，离城3公里。尽管地处郊外，南来北往的旅客仍然熙熙攘攘，川流不息。

候车室里，等候的旅客或站或坐或躺，闭目养神，看报聊天；也有不甘沉闷的，像巡逻的警察一样走来走去，东张西望。

吊扇在屋顶不停地旋转，热空气还是像包裹在气囊里一样，分散不开。靠近候车室门口的长椅上，倚着一位农村老太，穿着褪色的蓝色短衫，面色发黄，头发发白，额头上渗出细密的汗珠，不时地向外面张望。室外太阳好大，白花花的日头晃花了她的眼睛。

老太眯起眼，撩起衣角擦眼睛，就在她低头的瞬间，金光一闪。她仔细一瞅，长椅下有枚5毛钱的新硬币！

5毛啊，老太的心突突直跳，是谁丢的呢？捡还是不捡？捡起来可以换一个包子或是一个面窝，或是一杯豆浆。可是，这不是自己丢的啊，5毛钱不多，也是钱呐，别人的钱用着总不踏实，再说，万一别人看见，嘲笑说乡下人见钱眼开，这张老脸往哪儿搁。

门口飘来炸油条的香味，老太的肚子咕咕叫了起来。第一次跟老头子来城里，回老家的那趟慢车还得等一个来小时，下车还要走十多公里，如果到家吃饭就要饿到天黑。她向左右瞟了一眼，打瞌睡的还在打瞌睡，看报的还在看报，没有人注意自己。怎么办呢？老太正在犹豫，这时候一个警察向这边走来。

警察来了！他是发现了硬币？还是看出我心里有鬼？幸亏我没有捡钱，不然逮个现行。老太暗自庆幸，捂住发烧的脸，十根弯曲变形的手指微微发抖。脚步声越来越近，老太聆听着，心跳加速，一步，一步，脚步声没有停留，反而变小、变远，直至静寂无声。老太吁了一口气，透过指缝去偷看，室内没有任何改变。她又着魔般地去看硬币，硬币还在原处，静静地泛着金光。

真是为难啊，到底捡不捡呢？老太不能总盯着硬币，怕引来别人的目光，她也不敢去捡，钱不是自己的，捡起来烫手，不捡又可惜。老太越看越心慌，努力坐直身子，脚一点点移动，最后不由自主地盖住了硬币。这时，她感觉有无数双眼睛瞅着自己，忙把脸转向门外，在心里祈盼老头早点回来。

太阳好毒啊，也不晓得老头子走到哪里了，舍不舍得买口水喝。老太眼又花了。终于，太阳下有个熟悉的身影向候车室走来。她揉揉眼，喊了一声。

哎，来了，来了！等急了吧？身影答应着，几步到了门口。

真的是老头子回来了呐。老太忘记了脚下的硬币，急忙扶着长椅站起，一步一瘸迎了过去，问道：钱寄了吗？

寄了，寄了，够娃儿两个月的生活费。唉，城里路好走，就是不好认。这不，拐了几条街才把你的药买到，听说治风湿好得很呐。老头晃晃右手里的塑料袋，左手去搀老太。老太顺手给老头擦了把汗，怜惜地说，又舍不得坐车吧，看你累的。来，过来一点，和你说个事……

两人在门口拐角，头挨着头。老太说着，边用手比画，最后指向身后的长椅。突然，她的手停在半空，嘴巴张得老大。原来，有个清洁工正在长椅那里扫地——老太眼睁睁地看着硬币被扫进铁撮里，只能捂住嘴，以免叫出声来。

清洁工若无其事地捡起硬币，嘀咕着，现在的人真是富足，钱掉在地上，踩来踩去都懒得捡。

转动的电扇

我刚怀孕那会儿正是暑天，强烈的妊娠反应让我整天昏昏沉沉，一闻到油烟就吐得翻江倒海。老公上班的地方远，只能晚上回家，公公听说我不舒服，从攀枝花赶到武汉为我做饭。

公公六十多岁，又高又胖，会做一手好菜。那地道的四川麻辣味道，让我的胃口大开。

因为预购的房子尚在建设中，我们暂时租住在汉口的一栋老式私人楼房里，楼房在花桥小巷，每层四十多平方米，我家住二楼。房主用一堵墙把房间隔成2间，外间作客厅兼来客的临时卧房，里间是我的新房，厨房在过道上。每天下班回家，在楼底我就能听见锅碗瓢盆的撞击声，接着就看见弯腰炒菜的公公。过道很窄，热不透风，灶台上的鸿运扇好像不起作用，公公的背心湿透了，一条湿毛巾搭在肩上，他不时撩起毛巾擦汗。

我喊了声爸爸，老人答应着，叫我赶快进屋去。客厅里沙发和茶几占去了大半部分，沙发是折叠式的，铺着凉席，晚上展开就是公公的床铺。进屋关门，清凉的风扑面而来，原来在茶几上，那台佛顶山牌旧台扇正呼啦啦地转着。我坐下扇风，一看电扇是最大挡位，心里有些不快：没人还把电扇开这么大，公公大概不知道房主收我们的电费是一块钱一度吧？

吃饭的时候，我很想和公公说说电费的事情。而他却先开口了：这武汉啊，真是个火炉，简直热死人，哪里比得上攀枝花！

我知道攀枝花气候四季如春，显然老人是不适应这里的气候。看他不停地擦汗，我把扇叶转向他，到嘴边的话咽下去了，心想也许是爸爸看我要回来，特意把电扇打开，驱除屋里的暑气。就说：爸爸，我给您买个新电扇吧，您看，这个又老又重，底座都破裂了。

爸爸搁下筷子，抚摸着电扇，竟然叹了口气：唉，这一转眼啊，都老啰！

我赶忙申辩：爸，我不是说您老，是说电扇，扇叶生锈了，底座破了，怕是用了好些年头呢，换个新的省电又轻巧啊。

爸爸不做声，匆匆扒了几口饭，下楼去了。

我去洗碗前，顺手关掉了台扇。午休后起来上班，我看见客厅里电扇又转着，还是最大挡，摇头晃脑的，显然电扇是爸爸开的。我喊爸爸，家里根本没人，就有些心慌，难道我说错了什么，爸爸在和我赌气？

晚上就寝，我把事情告诉了老公。老公先是取笑我小气，那点电费算什么呀？比起爸爸的身体哪个重要？我说，那也不能太浪费呀，家里没人开啥电扇。老公说：这热的天，室外的温度高些，电扇开着热气进不来呀，再说了，电扇开着，那些呛人的油烟也被挡在外面，爸爸还不是为你着想。我说，也是哈，可我不是怪爸爸，就觉得台扇老了，换一个新的省电些，可爸爸不高兴。老公一听，严肃地扳过我的肩：好老婆，你可别瞎捣乱，那台电扇是老爸的宝贝，可丢不得。接着，老公和我讲了一个故事。

那还是二十多年前，爸爸在沿海当海员。因为长期在船上工作，远离亲人，寂寞的时候，爸爸学会了抽烟，而且烟瘾很大，还说“睡前一支烟，快活似神仙”。那次远航回到重庆，爸爸临时住在废弃的旧船上，睡觉之前，爸爸照例抽了支烟，把烟头随手一丢，便倒头大睡。哪晓得烟头未熄，引燃沾了汽油的破布，发生了大火。爸爸累了一天，睡得好香，火势越来越大，噼噼剥剥地，爸爸鼾声如雷。就在那一刻，“哐当”一声巨响，把爸爸惊醒了，睁眼看见火光，爸爸跳下床就跑，却被脚下的东西重重绊了一跤。原来地上有台电扇，大火烧坏了搁放电扇的木架，而铁电扇倒下的响声救了爸爸。自那以后，那台扇成了爸爸的宝贝，走到哪里就带到哪里。

哦，难怪电扇底座破裂了！可是，爸爸怎么又把电扇给了你呢？我问。

老公有些不好意思，说，嘿嘿，还不是因为我爱抽烟，老爸想让我像他一样，看见电扇就警醒火灾，让电扇监督我戒烟啊。爸还说，这电扇是吉祥物，陪伴我，他心安。

原来电扇还隐藏着故事，这电扇转动的不仅仅是清凉，还有浓浓的亲情啊。我不得不敬佩爸爸，也喜欢上了这台电扇。

藏在阁楼里的爱

在我小时候，全家七口住在简陋的三间泥坯屋里，中间是堂屋，两边是房间。家里除了一些农具，就是生活必需品。由于人多手杂，孩子又不懂事，父母就把好东西放在堂屋右边自己卧房的阁楼里。

阁楼是简易的那种，把十几根歪扭的松树，间隔着穿在两边的土墙上，再铺上旧木板。木板不够的地方，钉着长长短短的木棒，东西搁置在上面，又保险又不占地方。几乎每个星期，父亲或是母亲都会架上木梯子到阁楼上去，下来之后总没有忘记搬离梯子。

阁楼上有太多诱惑，比如吊在屋梁上的花生种，挂在墙壁上的腌肉腊鱼，装在坛子里的蚕豆和糖果，还有锁在木箱里的新衣新鞋。可梯子太重了，阁楼又高，我和姐姐用吃奶的劲搬动，怎么也竖不起来。姐姐指着花生问我，想吃吗？我咽着口水说想，姐姐说，去拿竹篙。我屁颠屁颠去拿，她把长长的竹篙对准屋梁上的蛇皮袋子狠狠地戳，一下，一下，晃晃荡荡，终于戳穿了，用力搅动，花生掉下来了，一颗，一颗，把我们的心砸开了花。偷吃了花生种，母亲很生气，训斥我们好吃不留种，来年只能望天，又语重心长地打比方，没有种子就没有苗，没有苗苗就没有花生，没有花生收获的时候就成了白日梦。

母亲的话我们都听，但是她不知道我的梦想是上阁楼去。阁楼上的好东西那么多，不去怎么也不甘心。这个梦直到我上学才实现。那天母亲是到阁楼给我拿钱报名，我仰着头听见木箱打开了，等了好大一会母亲还没有下来，就悄悄地爬山了木梯。母亲蹲在一对红木箱前，我躲在她身后。木箱是母亲的陪嫁，最好的东西都锁在里面，终于有机会看到了，我捂住怦怦直跳的心凑过去，只见打开的箱子里有好几卷家织布，有一卷方格布展开后还没有卷起。很显然，母亲手里的钱是从那卷布里拿出的。看她盯着几卷布料发呆，我乘机四下窥探，但是，阁楼太让我失望了：墙壁上的腊肉只剩下干肉皮；坛子没有盖，里面空空的；我们5个孩子睡过的摇篮上搭着破凉席；只有那对箱子发出诱人的红光。可这个箱子装的是布，那个关着的箱子装的是什么呢？

我向前探了一步，就惊动了母亲，她马上拉下箱子盖，上了锁。我忍不住问：妈，从没有见您织布，家里怎么有那么多布啊？母亲应了一声，你外婆织的。我哦了一声，又问，那个箱子装的什么呀？母亲摸了下我的头，神秘地说，都是好东西！这个箱子是你外婆给我的宝贝，你好好读书，将来那个箱子的宝贝留给你。我好奇地追问，那是什么呢？母亲笑笑说，下去吧，长大了，就知道了。

箱子总是锁着，长大一些，看到村里出嫁姑娘的红木箱，我以为箱子是母亲留给我的嫁妆，更不好意思问了。母亲忙碌着，白天出工，晚上做鞋子、织毛衣，她做的鞋子手工一流，织的毛衣方圆十里都有名。油灯下做事的母亲端庄而秀丽，偶尔唱几句革命戏，比如：“我家的表叔数不清，没有大事不登门……”母亲的嗓音让灯花为之一振，圆润动听的曲调在夜色里弥散。我偎在被子里瞅着她齐耳的短发，想起很多人叫她李铁梅，有些恍恍惚惚。

母亲在偏僻的小村里生活着，不会绣花，不会纺线，却会织式样新颖和各种图案的毛衣。那时的老家毛线很珍贵，母亲是为公家人织毛衣，织完锁在木箱里等人来取。有次来了个很体面的人，给母亲工钱的时候，母亲不要。那人说，好歹我是你师傅，剧团要人，你还是去帮帮我吧。母亲抱歉地说，师傅，我早不唱戏了，您看，这些孩子，高一个矮一个的，哪里走得开？母亲也不爱串门，不拉家常，每天织着毛线督促我们做作业。她没有跨过学堂门，却能背出好几本戏剧，讲各种各样的故事。

我小学毕业后，成了湾里第一个考上初中的女学生。那年的暑假，母亲把我带到了阁楼上。她打开那个我梦寐以求的木箱，满满一箱子书籍呈现在我眼前：《红灯记》《沙家浜》《林海雪原》《刘海砍樵》《毛泽东语录》……我拿起已经千百遍听到的《红灯记》，迫不及待地翻开，里面夹着一张剧照：黑亮的眼睛炯炯有神，飒爽的英姿不怒自威，一把辫子坠在腰间……李铁梅！妈，您真是李铁梅呢！这一刻，我更觉母亲的不平凡。

母亲只是微微一笑说，是你外婆要我学戏的，那时候我要学织布绣花，她说，你只要好好学戏，我来织布，保证你20年有穿的。

我想起母亲托那些来织毛衣的人给我带的书、笔和本子，想起母亲留给我的一箱子书，原来这些宝贝，就像爱一样一直深藏着，已经在不经意中传给了我。

憨人憨福

同事说，谁要是过分相信老公，谁就是傻子。王芳不信。

王芳迷信老公，在她心里老公做事总是对的，赞美老公是王芳的习惯。

王芳的老公是市委秘书，官虽不大却有能耐。在人才济济的×市，能安排中专毕业宅家几年的王芳进局机关，着实显出他的实力。

王芳长得漂亮，三十多岁了，皮肤白嫩细腻，身材丰满匀称，外表形象极佳，领导把她安排在办公室。办公室很多文件需要电脑处理，王芳不懂电脑，就负责接电话、跑腿。跑腿为王芳提供了自由的空间，王芳闲不住，看见谁聊天就站在旁边听，瞅准机会就夸自己的老公。

这不，王芳穿了件风衣，故意走到一群女同事跟前说，这，我老公出差带回来的，看看，好看不？有同事抬抬眼瞟一下，心不在焉地应付，嗯，好看。有同事随口问，多少钱啊？王芳好得意，2000 多元呢！怕人不相信，又补充，还有发票。同事小李住王芳对门，是个实心眼儿，她撩起王芳的衣角摸摸瞅瞅，马上叫起来，这衣服要2000 多元，骗你这个苕吧，到处是线头，针脚也不匀，水货的！霎时，王芳的脸涨得通红，争辩说哪里是水货啊，我带发票你看。同事们一笑而散。

王芳很觉没趣，心里生出无端的怨气：小李，你算什么呀，有能耐你还嫁个老师？没钱没权，就会守着过穷日子。王芳这样想着没有说出口，就去找小朱，小朱是个清洁工，刚做完卫生在看电视。王芳没话找话，累了吧，我觉得你还是再找个人，有个老公多轻松。才离婚不久的小朱笑笑不说话，王芳说，有老公就有依靠，我那老公多好，在家里给我买这买那的，在单位领导器重，连写材料还专门在宾馆为他开房间，说安静。小朱觉得这事新鲜，提醒她说：写材料家里不能吗？非得去宾馆？你要提防着点，男人花心。王芳一听，认为小朱是嫉妒，故意挑拨离间，就脱口而出，你前夫花心，当然怕啊，我的老公好得很！呛得小朱直瞪眼。

下班后，王芳心里还是有些不爽，一个人骑自行车去了步行街。步行街服装店一家连一家，衣服琳琅满目，款式新颖别致。王芳走着看着就发现一件风衣和自己穿的很相似，仔细一看厂家相同，标价才 480 元。王芳就想起老公和自己报账的 2000 元，心里更加郁闷。郁闷的王芳转念一想，老公来自农村，节约惯了，不舍得买贵的还不是为了家，把衣服说贵点还不是因为爱自己，哄自己开心。这样一想，王芳就释然了。

走在步行街，王芳哼起了歌，盘算着给老公买件好衣服给他个惊喜。偏偏停在巷口拐角的一辆摩托车吸引了她的目光，那车是老公的呀，一大早老公就说今天要陪领导下乡检查工作不能回来，咋车在这儿，人不见影儿。王芳发着怔，一个保安走来提醒她让路，她才发现自己站在宾馆的路口——难道老公在这家宾馆里？

这个闪念一出现，王芳不敢想下去了，匆匆忙骑上车往家赶。到家就开始忙碌，王芳是个持家的好手，厨艺好干活麻利，做好饭读初中的儿子回来了。王芳把三菜一汤端到桌上，有些落寞，吃了几口就放了筷子。王芳想找点事做排遣烦恼，宽敞明亮的房子本来就干净舒适，但是她还是一遍遍擦着、洗着，直到累得筋疲力尽才靠在沙发上看电视。以前热衷的韩剧现在看着失去了往日的味道，儿子不时问爸爸什么时候回来，他的几道难题自己解决不了，还等着爸爸解答。王芳瞅瞅儿子看看家，就知道自己离不开老公，儿子离不开爸爸。

傍晚，老公打电话说乡镇的检查工作还没有结束不能回来，王芳喉头发紧，转头吁了口气，又像没事一般，叮嘱老公注意身体。放下电话王芳把儿子引到小李家，小李虽感意外还是很热情。王芳喝着茶，看小李的老公给儿子讲解难题的耐心样，就有些愧疚，也有些羡慕。小李发觉王芳的情绪不佳，带头东家长西家短聊起来，小李说，知道吗？陈姐两人在闹离婚呢，她老公当上局长后在外养情人被她逮个正着，在宾馆里她还打了那女人，好难堪哦。王芳就叹息：唉，离婚又怎么样呢，孩子那么大了，自己年龄也不小。小李点头，也是啊，闹成这样陈姐也有些后悔呢，快四十岁的人了，从头再来谈何容易。王芳就说：这夫妻之间啊，搞那么明白干啥，常言说得好，憨人憨福。

两个人谈着谈着，儿子的作业做完了。王芳说要回家，明天自己还得上班，儿子得起早上学。

夜里躺在床上，王芳睡得挺香。

都是获奖惹的祸

飞机在云层里穿行，抱着手提包，吴局长的心里美滋滋的。

吴局长此次去北京，不是因为工作方面的事情，而是参加一家国家级文学杂志征文的颁奖典礼，他的一篇文章获得二等奖。五天的时间，吴局长有幸见到了很多文学界的名人，参加了杂志社组织的写作培训。虽然交了3500元培训费，他觉得也是值得的。飞机还有半小时就返回所在的城市了。他又掂了掂包，沉甸甸的，里面装着获奖证书和奖杯。

想到这个奖，吴局长就想起了儿子，儿子本来应该也有这么一个奖。

那天读高三住校的儿子突然跑回家，兴冲冲地举着一张纸喊着："爸爸，你看，我获奖了！"吴局长一看是张获奖通知单，和自己那张一模一样。吴局长按捺住内心的喜悦，故意板起面孔说："马上要高考了，你还有心思搞这事？"儿子正在兴头上："爸爸，这可是全国大赛，我同学都羡慕呢"。"那也不行，你要安心复习！"看爸爸如此执拗，儿子噘起了嘴："王涛也得奖了，人家的爸爸那高兴，想办法凑钱给他去领奖……"不提王涛还好，一听王涛的名字，吴局长火冒三丈："王涛！他能考上大学吗？成绩那么差，你和他一起混，没出息！"吴航满以为会得到爸爸的赞许，没想到得到了一顿训斥，顿时红着脸，抿嘴忍住了要掉下的眼泪。儿子一向乖巧听话，看他失望委屈的样子，吴局长不忍心了，语重心长地说："不是我舍不得3500块钱，考大学才是你的正事，你还小，不能有虚荣心，等你考上了好大学，爸爸带你去旅游，想去哪里就去哪里。"

吴局长是文化局的一把手，在单位说了算，在家里一贯家长制作风，对儿子的教育极为严格。他仕途顺畅，喜欢舞文弄墨，尽管不敢称文采斐然，也偶有作品见诸报端，在本市也算个文化名人，平时来往的多是文人墨客。受其影响，本来就聪慧的儿子语文功底极好，所写的作文常常被老师当范文讲解。这次征文大赛，吴局长做梦也没有想到儿子也参加了，还得了二等奖。

吴局长没让儿子报名去北京领奖，确实不是因为钱。别说是3500元，就是再多，作为局长都是可以报销的公费开支。儿子和自己不一样，自己追求名利，那是身不由己，儿子追求名利，就会迷失自己，何况正处于高考复习的节骨眼上。吴局长瞒着儿子给自己报了名，一个月后高考分数出来了，儿子的分数超过了一本线，吴局长暗暗为自己的决断高兴。儿子等待入学通知书的时候，吴局长怀揣着喜悦去领奖。在北京，颁奖会、座谈会、研讨会，层出不穷；作家、诗人、评论家，形形色色。会议结束，兴尽而返。

飞机一着陆，吴局长坐车去了市委宣传部，见到杨部长，把获奖证书捧到他眼前。杨部长接过证书频频点头，说："嗯，不错，不错！"吴局长嘴里说着谢谢，谢谢，双手小心翼翼地从提包里取奖杯。杨部长倒了杯茶走过来说："老吴啊，还没回家吧？""是啊，这不，电话都没打呢，哦，对了，手机都忘了开"，吴局长边说边用一只手去摸手机。"还是先回去看看吧——你儿子出事了"，杨部长关切地说。"啊？什么？"吴局长以为自己听错了。杨部长拍了拍他的肩膀："你莫急，是这样的，高中附近那个小卖部的案子今天破了，是你儿子伙同几个孩子撬开的，幸好钱不多，现在，他在拘留所里……"

"啪"的一声，吴局长抱着的水晶奖杯掉在了地上。

顾不上说什么，吴局长踩着碎片冲了出去。

拘留所里，儿子扭着头，眼里充满了敌意。

几天后，武汉大学的入学通知书来了，儿子政审不合格被淘汰。

看儿子每天不说话，吴局长的心一天比一天沉重，恨恨地把获奖证书烧成了灰烬。

真爱暖心

三十多年了，那件事常常清晰地出现在他眼前。是因为自己太小，才10岁？还是因为那以后的岁月里，再也没有出现那么黑的夜？坐在荣县最气派的办公大楼，他有些恍惚。那个山村里的水英婶子，真实吗？她粉红的脸，温和的眼，暖暖的手，真的爱抚过脏兮兮的他吗？他扯起记忆的风帆，那夜的狂风便刮过来，狗的叫声响起来，渗入骨髓的茶油香飘过来……

一切仿佛是天意：学校催学费，他家穷，拿不出来。恰恰在水英婶家捉迷藏的时候，他瞟见了露出抽屉的钱。他的心动了，想伸手，却感觉到处是眼睛。想想，晚上来吧，安全些。水英婶是大壮叔的媳妇，单门独户住在南山坡。大壮叔在街上开了个榨油厂，冬季生意旺，回不来。

夜黑透了，冷风推着他的双脚，狗恰到好处地喧闹，婶子家的门框好像也在一开一合地招手。他一侧身，猴子般掠过大门，潜入关牛的草房。像往常一样，婶子在电灯下织毛衣，装钱的抽屉就在她的房间。他在草堆里刚藏好，就见婶子握着手电筒，出房门，穿天井，关门，上栓，似乎不放心，又顶了根木棒。他提着的心，眼见婶子向房间回转，放下一些。可巧，牛不失时宜地“哞”了一声，弹跳起蹄子。他急忙向草堆里钻，还是听到走来的脚步声。

他紧张极了，幸好草屋没有电灯。他暗暗祈祷：看不到我，看不到我！好像祈祷有了作用，手电筒的光晃了晃，并没落在实处。只听得婶子在骂，好你个老鼠，算你跑得快，下次让我看见，一锹剁了你！难道婶子拿着铁锹，那可是大壮叔磨光的呀，切土比切豆腐还快。他害怕起来，不由自主地向草堆里挪。稻草窸窸窣窣地，他听着像滚雷。真的出现如雷的吼声："哪个？哪个躲在草堆里？"他的心提到嗓子眼，全身筛糠一般。"出来，快点，我都看见你脚了。不出来，我一锹剁了！"说着，铁锹落地，扎起的土块呼啦啦砸在草堆。他吓傻了，缩脚，发抖，偏偏手电筒照过来，铁锹戳过来，他感觉脚下的草被铁锹一截两段。"出来，鬼东西！躲我屋里干啥？"他被拉出来，头低到裤裆了，在电筒光里发抖。看见是他，水英婶拍拍他身上的稻草，笑着叫道，"我还以为是哪个呢？双娃，是不是在我屋里捉迷藏，累着了啊？"他想说话，却开不了口。好在水英婶没等他回答，摸摸他的头，拉着他走到堂屋，又拿出炒花生说："坐下吧，吃点。"

他有些不好意思，眼睛落在了墙上的相框上。水英婶看看，笑了："别看你大壮叔现在人模狗样的，那时候穷得很呐！看这张结婚照，穿的西服还是借来的——你大壮叔啊，从小苦，奶奶多病，婆孙俩住破屋，吃不饱，穿不暖。有一年冬天，家里没有油抹锅，你叔还捞过餐馆的泔水桶呐"。见他惊奇，水英婶说："就是泔水上面冻结的一层油啊——常言说得好，穷人的娃子早当家，奶奶走后，你叔捡油茶籽换钱吃饭，还去榨房当学徒。我们结婚后，才搭了这间屋，又栽了满山坡的油茶树。这几年，挂的果喜死人，家家也跟着栽油茶树。"水英婶说着，满脸发光："这人啊，只要勤快，肯动脑子，好光景有的是。你叔说，现在到处是油茶，压榨机要过时了，想学新技术，文化太低，他好羡慕现在的娃娃有书读。双娃，好好读书才有出息，要是遇到困难，婶子帮你！"

离开水英婶家时，风小了，谁家的狗"汪"了一声。接着，几家的狗叫起来，村子里热腾腾的，他的心也暖烘烘的。窗外，阳光灿烂，高楼林立，荣县茶油公司的牌子赫然在目。他常常感叹，多亏了水英婶，那个顽童才一夜醒事，勤工俭学，发奋读书，成就了今天非凡的人生。在荣县，就算有人不认识他这个茶油行业的老总，家家户户也吃过“爱心牌”茶油。那晶莹剔透，黄金般的液体，不仅远销海内外，还馈赠给故乡的山民，滴滴温暖人心。

宿命的伤疤

她一直认为，如果没有那次意外，文清可能成了她的爱人，孩子的继父。

她和文清是同城人，准确地说，应该是邻居。他们住的两栋高楼只隔一个围墙，从她家的阳台能清楚地看见对面人家在做什么，特别是夜深人静，聊天声，孩子的哭闹声，搓麻将的哗啦声，声声入耳。在这些嘈杂的声音里，偶尔夹杂着咿咿呀呀的楚戏。她很奇怪，在这个现代化的都市，竟然有男人像模像样地哼唱古老的楚剧，如她一样迷恋即将灭绝的地方剧种。

她猜测对面楼里唱楚戏的男人是个另类。她也是个另类，朋友这样认为，还称她书呆子，不懂风情。都什么年代了，年纪轻轻的，在一棵树上吊死。孩子爸都走了多年了，你守身如玉，谁会为你立贞节牌坊？即使立了，有什么意义，能顶吃顶穿，还是能给你们母女好生活？这人啊，总得向前走，不为自己着想，得为孩子考虑吧，孩子缺少父爱，成长总是个缺陷。

亲朋的轮番轰炸，她有些动摇。朋友趁机为她物色了人选，说男方是熟人知根知底，丧偶一年，宽厚有责任心，爱好文学和体育，他每天在广场打球，如有心就去看看，他是2号，穿红色的运动衫。尽管她没当回事，晚饭后散步路过广场，还是放慢了脚步，球场上，2号英俊魁梧，身姿灵敏，那跳跃的一抹红让她的心怦然一动。接连几天，她悄悄从他身边走过，孩子玩滑滑梯，她偷偷瞅他。

第一次见面，他微笑着很阳光，亲和而温暖。他抱起她的孩子手把手教叠纸飞机，又教她放飞。他一次次把纸飞机抛向空中，孩子跑着追着，笑个不停。他还把孩子抱在膝上讲故事，他讲什么她听不见，她远远站着，看孩子依偎在他怀里甜甜地笑。那个晚上，孩子在梦里咯咯笑着叫喊，飞机，飞机，飞高点！静夜里，她的泪潸然而下。

这以后，他读她的文章，做精辟的评点；他慨叹她的命运，说她是值得珍惜的人。他说话的时候，她的孩子搂住他的脖子亲他，她恍恍惚惚的，看见孩子在闹，要听他唱歌。他清清嗓子，唱起了楚剧。在孩子的笑声里，她的脑袋“嗡”地一下，内心固守的铜墙铁壁轰然倒塌。

是的，就是这么巧，他是对面楼里那个唱楚剧的男人。

更巧的是，他对她的孩子那么好，这一点，比什么都重要。

她想，这是缘分，是上天的垂怜。

他们有很多话题：人生、世情、文学，还有楚剧。谈完，听他唱，孩子也静静地听。

他惊奇，孩子这么小，怎么喜欢听楚剧呢？她说，可能是遗传，我喜欢，我母亲更喜欢，母亲是省楚剧团的演员，因为有个反革命父亲，下放到农村。受尽了非人的折磨，等有机会返城的时候，舍不得几个孩子。

他说，是啊，孩子是父母的一切。我们都要为孩子着想，给她完整的父爱母爱。

他给她的孩子买玩具和零食，让她坐在肩上看楚剧碟子，还开车带孩子兜风。朋友催促，现在的好男人不多了，错过他你会后悔一辈子。她不急，可孩子天天要见他，老远地跑过去抱住他的腿，她一岁就没有爸爸，没有感受过父爱。

那个中秋节，孩子拉他的手，要他一起回家。他用眼睛等她表态，她不说话，孩子撒娇哀求，去嘛，就要你去，我们一起过中秋节，一起吃月饼。拗不过孩子，她默默走在前面，他抱着孩子一路高兴地讲故事，走进她的家门。

这么近距离地接触，她有些心慌意乱。用开水瓶给他倒了杯开水，径直走进厨房准备晚餐。炒青菜，煎鲜鱼，锅里噼噼啪啪。客厅里他在唱，孩子在跳，笑语阵阵。再打一个瘦肉汤，三个人就可以围在一桌，月圆人圆，和和美美，享受难得的家庭气息，多好啊！她想着想着就笑了。

妈妈——孩子刺耳的尖叫突然传来，她一个激灵冲出厨房，孩子哭叫着扑向她。蓦然，她看见孩子冒热气的裤腿，地上歪倒的开水瓶和汩汩流淌的开水。他站着，显然懵了。孩子跳舞，摔倒了，撞了开水瓶……他一边语无伦次地解释，一边弯腰去抱孩子。她一把抢过孩子，向外冲去，他跟了几步，说煤气没关又返身。她下了一层楼，房门嘭地一响，紧接着是他急促的脚步声。

他拦了的士，孩子在她怀里撕心裂肺地哭喊：好痛，妈妈，好痛啊！她心疼得全身抖个不停。他怯怯地伸手说，我抱吧？孩子听见他说话，哭着喊爸爸，要爸爸。她把孩子搂得紧紧的，俯下脸，咬破了嘴唇一动不动。

孩子小腿中度烫伤，住院期间他小心翼翼，忙前忙后。几次他说，我真不知道开水瓶在那里，不然……她扭过脸，强忍泪水。

出院时，他在我们面前欲言又止。她抚摸孩子小腿上的伤疤，颤声说：我母亲脸上也有一道疤，是造反派烙上的，这道伤疤，毁了母亲一生。

他垂下头，垂得很低很低。从此，他们没有来往。

失落的手机

女人一上车就开始翻阅手机，一会儿笑，一会儿抹眼泪。

这是一列开往广东的火车，大多数乘客在软绵绵的座位上假寐。女人侧身对着窗外，阳光砸在玻璃窗上，映照出手机耀眼的光芒。

女人的手机是今年的新款，黑色的机身，镶着红色的边框。手机是女人新买的，具备手机和相机双重功能。女人购买手机的目的是照相。

手机里储存的照片不多，因为见面的时间太短。女人花了十年的时间来想象自己的儿子，也花了一天的时间从珠海回到家乡，但是，真正和儿子见面的时间才十几分钟。

女人每按一下手机键，相册里就弹出一张照片，儿子虎头虎脑的样子让女人既欢喜又心痛。十年了，弹指一挥间，自己的记忆还停留在儿子满月时的模样，那个小小的肉团团，已经长成小学生了。在儿子的学校，她站在教室窗口搜寻，那么多的学生，哪一个是她的天天呢？女人认不出来。她请求儿子的班主任："我是天天的妈妈，今天是他十岁的生日，我专程从南方回来，想陪他"。班主任家访时了解过天天的家庭状况，说："为了天天的成长，我希望你以亲属的身份相见，毕竟他还是孩子。"女人答应了。她听见班主任喊了声天天，学生中站出一个男孩。孩子比书桌高半个身子，她举起手机，手微微发抖。

孩子一蹦一跳的，脚步敦实轻快，他从座位上走出来了。女人睁大了眼睛，是的，那就是自己的儿子，和他长得一模一样，简直是他的另一个翻版。她记起儿子出生以后，他常常瞅着儿子傻笑，还说："老婆，你看，咱儿子圆脑袋，大眼睛，长睫毛，还有这胳臂腿，长得多像我啊。哈哈，咱家几代军人，儿子长大了，绝对是部队的好苗子。”那时候她取笑他：“瞧你那点出息，军人有什么好，吃苦受累不说，一家人四分五裂。我要让孩子像我一样考大学读研，还要让他读博出国留学……”

儿子已经跨出教室门了，他在张望。女人心跳加剧，她想跑过去，抱住儿子。然而，女人的脚像绑了吸铁石，提不起了。曾经，自己扔下儿子，跨出一步，就去了海角天涯，十年锦衣玉食的生活，为什么魂牵梦绕，内心不得安宁？如今，儿子近在咫尺，她伸出双手，儿子两个字如鲠在喉，她喊着：“天天——”儿子疑惑的表情让她冷静下来，“孩子，我是你阿姨，来给你过生日！”

儿子低着头，有些认生。女人抚摸着儿子的脑袋、脸颊、手背，泪水就来了。她赶紧蹲下身，把头埋在儿子的运动服里，偷偷拭去眼泪，又取出包里的衣服，说：“天天，阿姨给你买的，喜欢不，来，试试！”儿子扭扭捏捏的，女人帮他换上，衣服在儿子身上紧绷绷的，儿子拦住了她扣纽扣的手嚷着：“不要，穿着不舒服。”她有些愧疚，一直以为没妈的孩子像根草，以为儿子单薄瘦弱，怎料到长得这么壮实？她赶忙拿出大包零食，说：“都是你的，你想要什么，阿姨还买，今天阿姨陪你过生日！”儿子直摇头，“不要，我妈妈买了，衣服，蛋糕都有，爸爸还打了电话的，说晚上在电脑里给我过生日。”她懂儿子的意思，他是部队的政工干部，工作很忙。以前，她和他谈恋爱，都是依靠电脑，在视频上交流。女人的眼前出现了儿子和另一个女人燃着蜡烛，等待和他一起唱生日歌的情景。

女人心里酸酸的，说：“阿姨喜欢你，给你拍几张照片，摆个姿势，好吗？”

儿子站着，眼睫毛眨了几下，没动。女人的手机咔嚓咔嚓直响。

女人说：“天天，宝贝，喊我一声，喊阿姨。”

儿子露出细密的牙，喊了阿姨，又补充说：“阿姨，我作业还没有做完呢。”

“天天！”女人的泪喷涌而出，一把拉住儿子，“别走——让我抱抱。”

儿子挣脱了她的手，后退了几步，一转身跑了。

手机里最后一张照片是空空的走廊。女人泪流满面。

窗外的风很大，吹不干女人的眼泪。她把手机贴在脸上，也紧紧贴着儿子，头脑昏昏沉沉。

火车疾驰着，离老家的小城越来越远。过去与他恩恩爱爱的点点滴滴浮现在眼前，女人想：如果他不是军人，如果不是长期分居，如果自己安心上班不去读研，如果毕业后不认识现在的男人，如果不是沿海的繁华和男人的富有，那么，又会是什么样的结果？太多的如果，可现实只有一个——她离开了他，抛弃了孩子。女人的家在沿海，女人得回到那栋豪华的空空的别墅，继续在漫长的寂寥中等待……

女人倦了，趴在窗台上。原野在眼前恍恍惚惚，女人眯起了眼睛。

突然，火车一声长鸣，女人打了个激灵，手机滑落了。

天天！女人尖叫着。

——瞬息，她痛哭失声。

病　人

（一）

15 号李香，进来！我喊了一声，他挽着她，走到超声科门口。

女的检查，男的请在外面等候，我说着要顺手关门。

让他进来看看，好吗？明天他要去深圳打工，他好想看看小孩。叫李香的女子用细细的声音请求我。

我回身望去，她娇小玲珑，站在门里羞怯地笑，他憨厚健朗，站在门外也在笑，只是有些讨好的味道。

我点点头，男的连声说着感谢就进来了。我登记门诊记录单，见丈夫一栏写着王超。

王超扶她躺下，说了声，不怕，超声检查不痛。她顺势勾着他的颈子小声撒娇，我就要你在旁边站着。

我开始检查，王超在我身后，他没有说话，但我能感觉他急促的呼吸。

超声显示孕期两个月大小，各种数值正常范围，我把报告单递给王超说，下个月再来检查。

他拿着报告单看了一眼，转身去抱她，我听见他贴着她耳语，宝贝，我有两个宝贝啦。

两个人手挽手，头挨头，对着报告单惊喜不已，你一句，我一句。

他说，再过 7 个多月，孩子就出来了，回去告诉妈妈，她该多高兴。

她说，你到深圳，天天要给我打电话，到我预产期你要提前回来陪我。

（二）

一个月后，李香来了，陪她的是她婆婆。

我记得她，是因为老人问了很多要注意的细节。她说她就一个儿子，好不容易要抱孙子，一下子不知道该怎么做，怕照顾不好儿媳。

超声结果：孕期三个月，孩子基本成形。

（三）

才一周，李香又来了，双眼红肿。

她语音发颤，医生，请把检查的报告写清楚，特别是孩子的孕周。

我说，你才查了一周，如果没有异常情况，前三个月最好少检查，对胎儿不好。

她痛哭失声，他死了——是车祸，保险公司赔款要依照胎儿的大小。

我默默做完检查。她说，医生，你把孩子写大一点，赔偿就容易些。

我和她解释，只要孩子是成活的，赔偿都一样。作为医生我只能照事实写。

她又抹眼泪，说，保险公司要我保证生下来才赔偿孩子那份。

我说，检查结果很正常，你不要伤心，孩子会没事的。

（四）

这次又是婆婆和她一起来的。婆婆苍老了很多。

婆婆刚安葬好儿子，她担心儿媳肚子里的孩子，怕儿媳伤心动了胎气。

我在整理文档，她和李香坐在我旁边的椅子上等叫号，婆婆说，检查完了，我拿着报告单去深圳找保险公司，你在家安心养胎，不管赔多少钱，我都不要，给孙子存着，孩子生下来我带，你去嫁个好人。

李香一直没有做声。

检查结果，胎儿四个多月，胎动和心跳活跃，面部四肢清晰。

（五）

李香来了，拿着一张引产证明。

她已经获得赔款，对王超的死亡，司机不负主要责任，是王超过马路打电话没看红灯。司机的车投了保险，一切由保险公司赔付。保险公司经过调查取证后，赔付王超的母亲、妻子、孩子的费用共计 32 万元，其中孩子 12 万元。

李香拿到赔款，瞒着婆婆要打掉孩子。

我的责任是检查胎儿的情况，以便妇产科医生决定采取什么措施做掉胎儿。

胎儿六个月大小，耳廓很大，我不知道它在肚子里是否听见爸爸车祸时在给妈妈打电话。

天使在微笑

彩超，钼钯、加强CT，磁共振……一系列的精密仪器反复检查后，郑欣被护士领进了肿瘤科611病房。郑欣是不想住院的，乳腺CA，寥寥三字，像利剑一样一寸寸戳中心脏，而那不断繁殖的癌细胞，每分每秒都在吞噬她还算年轻的身体。才29岁，难道生命已到尽头？

最初得到消息，郑欣偷偷哭过，那是撕心裂肺的疼痛，是濒临死亡的绝望。切除乳房，连带淋巴结扫荡，毫不留情的切割，摒弃，手术能成功吗？癌细胞没转移吗？就算手术成功，能多活十几二十年，可曾经的美丽不再，爱情能保全吗？爱人能坚守吗？残缺的身体，是否它要承载残缺的人生。

从走进病房的那刻起，郑欣就打定主意不配合治疗。611病房有三张病床，郑欣是35床。35床，是她的代号。她歇斯底里地赶走老公，窝在白色的被单里，眼睛盯着天花板，不想理睬任何人。房间里的谈话还是钻入耳朵，一尖细女声说，“看，35床，好黑的一头长发！”另一沙哑女声应和，“唉，比昨天走的那个35床还要年轻……”郑欣顿觉如芒被刺，拉起被单蒙住头。

“35床，35床”，绵软的话语在耳边响起，郑欣正昏昏然。“35床，起来吃药哦！”被单被轻轻掀起，突然的光芒让郑欣很恼火，没好气地叫：“我不吃，过去！”“好，那您先起来，走走，窗外阳光正好呢！”说着，一双温暖的手来扶郑欣。“你烦不烦啊，叫你走，没听到啊？”郑欣使劲一扭。“对不起，睡久了不好，活动下对身体有好处”。依然是温言细语。是什么样的女孩这样好脾气？郑欣忍不住抬头，是个年轻护士，一身白衣，燕帽下清澈如水的眼睛，漾着宁静柔和的光。护士在微笑，自己却和她斗气，郑欣的心疼了一下。

10 年前，郑欣也读的是护校，崇拜南丁格尔，立誓做个白衣天使，为医疗事业贡献一生。她谨记南丁格尔的话：“护士必须有一颗同情心和一双愿意工作的手。”在县医院做护士的一年多里，郑欣剪掉了长发，尽心尽力护理每一个病人。医院护士少，在门诊部值班，小孩的头皮针打不进，遭大人谩骂，小孩抓咬；调到住院部，病人的唠叨、医生的医嘱，时刻不能马虎。仅仅因为发错了一次药，郑欣被病人家属围攻，被扇了耳光不说，还要作检讨，赔偿病人的精神损失。没人问缘由，只有郑欣知道，连续加班加点，日夜连轴转，就是铁人也吃不消，何况那两种药外观相似。没人听郑欣的辩解，大家振振有辞讨要公道，一个视生命为儿戏的白衣天使，当然要为错误埋单。尽管经过调解没有赔偿，但是 19 岁的郑欣忍受不了各方面的指责，离开了医院，放弃了心爱的岗位。

想起过去，郑欣不忍为难护士。她抓起药，摆手说，“我自己来，你走吧!”护士笑笑，离开了。郑欣起床，走到窗口，窗外月季花红彤彤的，青绿的叶片上爬着小虫子。让药物杀死害虫吧！郑欣摊开手，药片滑入花丛。轻风拂过脸颊，像是无言的叹息。

“35 床!”又是护士在喊。郑欣假装漫不经心，一杯水和药丸已经递到眼前。仍是微微的笑：“吃下，好吗?”秘密被揭开，郑欣火起，劈手推开，水杯掉在地上。护士弯腰去捡，郑欣闭眼躺在了床上。才睡了一会儿，床头柜上又有响动，原来是护士在插花。“您刚刚看月季，我给您采来几枝，好新鲜呢!”护士调皮地笑，露出白白的牙。郑欣被逗笑了，伸出手。护士心领神会地送上了水和药丸。郑欣喝了口水，药丸在手心颤动几下，丢进了嘴里。护士嘴角漾起满意的微笑，说：“我是您的管床护士刘艳，做得不好，您可以说，可不能延误治疗呀！您呢，也别总闷着，没事和病友聊聊天。”

“是啊，病友如同战友，一致对抗病魔，现在科学发达，‘神六’都升天了，小小癌细胞算啥。”邻床沙哑女音安慰说。刘护士转身向她竖起大拇指，“36 床，最坚强了，您这是第四次住院吧？多和 35 床说说话，与癌症对抗，关键是信心、精神。”“那当然啦，有信心，14 公分的恶瘤也奈何不了我！”病房里一下热闹起来，待郑欣再去看护士时，她已经不见了。

“癌症”“恶性肿瘤”“化疗”，这些平时敏感的字眼，像家常话一样被屡屡提起，没有一点忌讳；走廊上，光头的，戴帽的病人走来走去，个个脸色平和，没有一点恐惧。郑欣听着，看着，有种不真实的恍惚。癌症，不可怕吗？死亡，不可怕吗？

手术前一天傍晚，刘护士对郑欣进行心理疏导，“其实，生命是最可贵的，我们都要珍惜。您看 34 床，她的绒毛膜癌，已经肺转移了；36 床的巨大恶瘤，做了四次手术；还有，你隔壁的晚期肝癌病人，日夜呻吟，痛得死去活来。都在和癌症作斗争，和他们比起来，乳腺癌疼痛的程度小，死亡的风险低，并不可怕。你要坚强，活着比什么都好！”看郑欣不语，刘护士继续说：“别总想着没有乳房就不美了，您每次赶老公走，他其实都没走，躲在走廊拐角郁闷抽烟。他求医生好好给您治疗，说你们有个女孩才 8 岁，他离不开您，孩子更离不开您，不为他想，也得为孩子着想啊，她是您的天使呢！”郑欣噙住泪，泪光中有美丽的天使舞动。

第二天，郑欣被刘护士扶到手术车上。握着她柔润的小手，听着她贴心的安慰，进入了手术室。醒来后第一眼，郑欣就看见了一张笑脸，燕帽下的眉毛上扬，眼珠明亮，脸色粉白，嘴角微翘，是刘护士。她在微笑，用温婉的语气说，“辛苦了，郑姐，手术很成功。您看，那是谁？”

“妈妈——”随着喊声，郑欣看见老公牵着女儿，微笑着向自己跑来。

“我的天使们！”郑欣喃喃着，泪水濡湿了脸颊。

窗里窗外的情人节

会见室两边站着狱警。一群人鱼贯着从小门里走进来，清一色的囚衣，光光的脑袋，囚衣上的号码清晰可现。

女儿扑闪着眼睛搜寻，猛地叫起来：爸爸，那是爸爸！她的小脚在窗台上弹跳，小手抓住铁栏杆，小脸贴着厚厚的玻璃。我站在女儿身后，双手护她，双眼寻你。你越走越近了，深度近视的眼睛终于看见了我们。你在笑，惊喜地伸手，可女儿一个转身，扑倒在我的怀里。你的手定格在玻璃上，白皙的手掌变得黑而粗糙，修长的手指有了茧子。所有的一切证明，你不再是官员，而是个服刑的囚犯。随着你的口型，我知道你在呼喊“女儿——”，喉结在急剧地起伏。

狱警过来了，提醒说，快打电话，时间很紧的，半个小时。

我把话筒放在女儿的耳边说，乖，喊爸爸，他是你爸爸！女儿的嘴瘪了瘪，扭头藏在我怀里。

话筒里传来你急切地呼喊：女儿，宝贝，宝贝！

我拍拍孩子说，等一会吧，她不习惯。

我们坐下来，两边的长凳，隔着厚厚的玻璃。你在里面，我在外面，孩子在我腿上。

你的手指划着玻璃，说，这么大的雪，没想到你们会来。

我望着清瘦的你，眼泪忍不住了。女儿抱紧我怯怯地说，妈妈，不哭。我亲着她的小脸说，妈妈没哭，看，爸爸在呢，你不是天天要爸爸吗？女儿转过脸，窥视你。你眨眨眼，挠挠耳朵，扮了个猴子的怪相。女儿咯咯笑了，她肯定想起了你逗她的样子，挠她，做怪脸。

你不要怀疑我的说法，她是有印象的，因为从一开始我就让看你的照片，告诉她：爸爸最爱你，抱你，让你骑马马，给你讲故事，唱儿歌，还做各种各样的怪相。女儿还问过，是像别人的爸爸一样吗？我说，是的，比别人的爸爸还要好。所以，她记得的都是你的好，真实的，或者我虚构的。

你的目光柔和，轻声问我是不是哭了，咋眼睛肿得这么厉害。我微笑说，没事，风雪太大，会见的人太多，排队等了两个多小时。我没说狱警不准我们相见。离婚这个词，我一辈子也不愿意提起，可你总是让我屈辱，当我忍受了离婚的屈辱，坐牢的屈辱，没想到今天我会为你去下跪。一千多过日夜，女儿要爸爸，几千里的路程，挨冻受饿，到你的监狱门口了，却由于离婚而不能见面。冷风里，孩子的哭声撕碎了我的心，好说歹说，不能违规会见。女儿在监狱长的办公室不走，哭着叫着要爸爸。万般无奈，我扑通一声，跪在冰凉的水泥地上，歪倒在监狱长脚下。我是想跪着的，可我昏倒了，固有的尊严把我的心砸得稀烂。我忘了自己是干部，也是个文人。那一刻，我只是女儿的妈妈，你的前妻。我得见你。千里迢迢，只为见你；忍辱负重，只为见你。

你怜惜地瞅着我和孩子说，难为你娘俩了，今天是个特殊的日子，2 月 14 日，情人节，监狱组织亲情互动，我想你来，没想到你们真的来了。我点点头说，知道，你信里写了，只有今天我们才有可能见上，也只有这特定的日子才允许送吃的用的。我给你带了副好眼镜和衣服，还有牛肉干、盐水花生、蚕豆，小蛋糕——明天是你 40 岁的生日。

你叹了口气，玻璃瞬间朦胧起来。一直偷看你的女儿愣愣地回头看我。你侧身摘下眼镜在囚衣上擦了一下，又戴在挺直的鼻梁上，两层玻璃遮住了你的眼睛，我仍然看见了泪珠。

你恨我吗？四个字传来，很轻，却如震雷。电话线抖动了，是我在点头，又拼命摇头。我咬紧嘴唇，不敢流泪。

4年了，多少个日日夜夜，我恨过吗？恨过，因为你的大错，父母早生华发，襁褓中的女儿失去爸爸，年轻的我风雨飘摇。你毁了自己的前程，让亲人蒙羞，给孩子的天空罩上了阴影。可我能恨你吗？不能！我只能记住你的好，让绝望的日子鲜活起来；我只能维护你的好爸爸形象，让孩子的梦不再残缺。

这些，我说不出来。让女儿来回答吧。她说过要给爸爸跳舞唱歌。你看，在这窄窄的窗台上，她扭得多好啊；她天籁般的童音在沉闷的会见室回响："地上有个雪娃娃，张大嘴巴不说话，我拿苹果去喂她，叫她不要想爸爸。"我们的女儿多像雪的精灵，她说，雪娃娃呀，爸爸在远方，想多了，心会疼的。过春节，她把愿望装在许愿灯里，说爸爸收到了就会回来；父亲节，她站在广场上说，世上的人真多啊，妈妈，我要站高一点喊爸爸，父亲节快乐！

你笑了，那么开心。你的小宝宝长高了，还会唱歌跳舞。想想你进去那年，她才一岁两个月啊。如果当初你不赌博，不被金钱蒙蔽了双眼，你会一直陪伴你的花朵，天天沐浴阳光，时时享受亲情。可是，没有如果，十多年的期限，你人生中的最好年华在牢狱中度过。悔恨有什么用呢？唯有改造，洗心革面，重新做人，踏踏实实地做人，才能给孩子阳光的生活。

女儿一首接一首地唱着跳着，你笑出声了，你在喃喃着，宝贝，女儿，宝贝——

突然，电话里寂静无声，女儿停止了舞动。

亲情会见结束了。两边的人开始起身，我抱起女儿慢慢地向门口退去。

"爸爸——我要爸爸"！女儿忽然意识到什么，在我身上扭动着，哭叫着，撕心裂肺。

一群人在回头，你清瘦的身影窜出来。铁窗挡住了你，你的双臂颤动，十根手指在玻璃上无望地伸开。我疾步返身，捏住女儿的小手，按在玻璃上，三双手紧紧地贴在一起。

玻璃窗渐渐模糊。好一会儿，狱警轻轻拍着我的后背说，时间到了。

做　油

大哥在烈日下接打电话，正午的阳光把他的影子投成个黑疙瘩。黑疙瘩在苍白的博普路上团来团去，点头哈腰。

电话一个又一个，打进的是书记、镇长，一个意思，抓紧时间，一个月内把博普路刷黑。打出的是经销商和工程队，请求经销商尽快发货，暂缓货款；安排工程队随时听令开工。

博普路是出入博士湾度假村的一条水泥路，博士湾是新开发的城中村，辖区内有条环河和大片林场，老总姓滕。第一次面见，滕总笑如弥勒，气势不减，李工啊，博普路是咱博士湾的面子，省厅王处长亲自过问了哟，“做油”的事，多担点担啰。做好了，你好我好大家好，哈哈哈。一连串哈哈，砸得大哥头晕耳鸣，汗水顺着晒黑的面颊流下来，如一层胶质的“油”。

如油不是油。大哥的汗换不来乳化沥青，那是做油的基本材料。滕总习惯把铺沥青叫“做油”，官员们习惯叫“刷黑”。博普路工程造价一两百万，合同签了，就得拿钱投入。大哥的高级工程师工资只够年老体衰的父母安度晚年，嫂子侄儿平淡度日。钱从哪里来？大哥如热锅上的蚂蚁。偏偏书记催，镇长也敲边鼓，李工，博普路工程不算大，好多老总钻破脑壳都抢不到，一本万利的事还不抓紧上马呀？不言而喻，给你“油水”，你得心里有数。

工程没启动，压力一大片。从内心讲，博普路刷黑成功，怎么也能赚上一两个六位数。这样的好事滕总咋会给他，大哥没心思去想。他是公路局有名的榆木疙瘩，办事认真，坚持原则，工头们怕他质检监督，暗地里叫他“木脑壳”。大哥签合同，人人看稀奇，说木脑壳开了窍。

大哥如无头苍蝇，在博普路上团团转。路上不长钱，考察也白搭。眼下的水泥路面，在阳光下如一把长长的利剑，刺得大哥睁不开眼。好话说了一箩筐，借钱收效甚微。从来没想过要接工程，糊里糊涂签合同，把自己逼上梁山，这是哪门子的事？大哥正怨自己财迷心窍，滕总来电话叫去洗脚城聊聊。大哥马不停蹄赶去，滕总示意关门，请大哥就座。滕总开言不紧不慢，李工，是不是有困难哦？说出来，一家人嘛。大哥被击中心思，吞吞吐吐说钱不凑手，难开工。滕总哈哈一笑，钱嘛，小事，工程质量才是根本。省交通厅王处点你的将，我还不支持？哈哈——有人就有路嘛！大哥被一串哈哈笑懵了，傻傻地问：王处长？是啊，王一鸣，省厅的，别说你不认识哈！王一鸣?！大哥突然灵光一现，记起以前教书时的学生，难道是他？嗯，应该是他！当初他考到交大，还是自己送上火车的呢！他起先叫什么来着，哦，王有根，建档时我提议改成一鸣，这孩子还真是一鸣惊人。省厅的王处长竟然是他，一直以为是同名同姓呢！大哥暗自思忖，不停地点头致谢。滕总心情好，话匣子打开了：你说，这么些年，你技术过硬，咋不受重用？还不是脑瓜子不变通。话说回来，该你好人好命。上次王处长来考察，看了宣传栏上你的先进事迹和照片，对你关心得很啰——李工，王处长慧眼识珠，你得抱紧这棵大树，大家好借荫乘凉啊。滕总语重心长，大哥连连称是。

话明好办事，滕总提前打款，博普路顺利刷黑。工程质量验收完毕，拿到第一笔款子，大哥惶惶然进了书记的家，又憋红脸进了镇长办公室；接着宴请各方面头头脑脑；再购消费卡邀请滕总到洗脚城；最后，怀揣着一张银行卡想去省城。

怎么去见王一鸣，不，是王处长！大哥想破了脑壳。想着想着，不自觉走上了博普路。一个声音说，你看，这条道走下去可是黑的；另一个声音说，木脑壳，怕什么，有人就有“路”，会“做油”，还愁铺不好平展宽敞的路？

大哥的影子在油光闪亮的博普路上晃荡，一会儿拉长，一会儿缩短……

泡皮爷

定国外号“泡皮”，是我幺爷，父亲的堂弟。作为晚辈，本来我不应该喊他“泡皮”，可一村人，老老少少、男男女女都这样喊，我就喊了。我喊他泡皮，他答应得顺溜，他母亲——我的三婆气不顺了，横眉跺脚拿腔作势地要打我。我跑得像兔子，却感觉不到有人追，便转身对三婆挤眉弄眼，就见她伸出细长的手，指着我骂：“你个没家教的，爷老子的外号也叫，看我不喝口水，把你吞进肚子去！”

三婆是个接生婆，她有魔法，能把大肚婆的门打开，钻出一个小伢。小伢长着长着成人，结婚有孩子了又去请她接生。母亲说，自从三婆嫁给三爹，村里从南数到北，没有哪个出生不是她接出来的。三婆总有人找，白天黑夜，晴天雨天，练就了一双铁小脚。她走路快，但没有哪一次真的追上我。这不，她还没骂完，又被山那边的人请去了。临走还不忘记训诫泡皮爷：“去你大哥家吃饭哈，你是爷们，要做个好样子。总跟晚辈搅和，几时能长大哦！”

三婆说的大哥，是我父亲。父亲是大房长子，定国爷是幺房幺儿，中间还隔着二房、三房。家大口阔，尽管他两个亲哥哥夭折了，不算堂姐们，堂兄还有七八个，侄子侄女更是一大群（我是其一）。母亲说，别看你定国爷瘦不啦叽的，他丢了的（夭折）两个哥哥长得才敦实。可惜呀，你三爹是病秧子，啥都指望不得；三婆呢，整天忙，不能顾家，把两娃的病耽误了。那大儿发高烧抽筋呐，经不得别人喊，她跟着走。偏偏又是难产，守了一天一夜，人家母子平安了，三婆一口气跑回家，哪晓得自己的儿子没救。二儿呢，长到十一二岁，又结实又灵性，就喜欢玩水。那年发大水，你三婆把他锁在屋子里，才去接生的。不晓得他咋跑出来蹚水，硬是被冲走了。咳，有人说三婆苕，不救黄谷救边草。你三婆偷偷哭了几多回。做了一场娘，哪有不心疼后悔的。好在老天有眼，到四十多岁让她添了幺儿。起名“定国”是有讲究的，一是想把他牢牢“定”在身边，再就是盼他安邦定国，有出息。

定国爷遂了母愿，活蹦乱跳地长。看他猴精猴精的，钓鱼捉虾打兔子却是把好手。他有把弹弓对付天上飞的，有个铁钩收拾地上跑的。不管到哪个叔伯家吃饭，都带着稀罕野味，馋得我们一帮娃儿吸溜鼻子，天天求他去家里吃饭。定国爷也就这点出息，他不爱读书，成天带一帮孩子南畈冲到北畈，打兔子，偷瓜果，不仅闹得本湾鸡犬升天，动不动还和邻村小孩打一仗。

要打仗，站泡皮爷一边，那是无所不胜的。即使对方人高马大，人多势众；即使我们当场确实受屈，结局仍会是对方赔礼讨饶。常常是那边大人拉着小孩，包糖提鸡蛋去他家，还没进门就喊：“三婆呐，我把狗崽子送来，您好生罚，我不怜惜。把他打记性了，看这没良心的货，再敢不敢打您的娃”。三婆忙不迭劝：“看你说的，哪个小娃不打架，当真做么事?”来人便威胁孩子认错，不认错就让三婆喝口凉水，吞进肚子里去。三婆笑，真的假装喝水，张嘴作势要吞。孩子早吓得两腿哆嗦，哭将出来。我和定国爷躲在门后，笑得岔气。

没人敢惹定国爷，他胆子就大了，说话也大得没边。夏天乘凉，稻场人多。定国爷偷了黄瓜菜瓜吃饱了，把猪尿泡当足球，绕着一张张竹床，踢得蹦蹦响。一架飞机在空中飞，定国爷扯起嗓子喊：“打飞机，看我打飞机呀”！他抡起弹弓，“蹦”地射出去。一会儿，飞机真的没影了。他跳起来叫：“看啰，我把飞机打走了，哦——哦!”斜眼队长被他闹烦了，逗他：“你能把猪尿包吹破吗?”定国爷想都不想说：“能!”正准备去吹，听见斜眼哼了声：“完全是个泡皮!”满场人哈哈笑，他才明白受愚弄。笑归笑，谁也没当事。哪知没几天，定国爷递给斜眼一支好烟。斜眼喜滋滋接过，抽到两口，“嘭”的一声炸开，原来烟芯子藏着个小鞭炮。幸好只是手炸破皮，但定国爷的“泡皮”外号炸响了北部山区。

山里习惯做“摇窝亲”，定国爷打小也说了一门亲。十七岁以前，定国爷年年春节去“媳妇”家拜年，给丈人送年事。长成小伙了，每个忙季去帮忙挑草头，犁地耙田。女方长得水灵，定国爷也瘦高俊朗，走在一起很是般配。我读高二那年，他们定了日子说是年底结婚。幺房有人领门头，几房的本家喜气洋洋，早早地张罗上了，男的买木料打柜子，女的扯布做被盖，合计着把婚礼办好办热闹。寒假里，我遇着定国爷，看他打着背手的老成样子，便打趣喊他“泡皮爷”，他没像以往顺畅作答，还有些闷闷不乐。我以为他是摆长辈的谱。没想到，几天后定国爷喝了一瓶农药。原来是女方突然悔婚，说定国爷是泡皮，凡事泡皮，说话冲，做事狂，不稳沉，人叫人应的泡皮哪里靠得住？

定国爷申辩，泡皮是从小到大的外号，靠不靠得住，我这些年的为人你应该打听了，况且我对你一直是真心。女方说，真心是要拿东西证明的，你有新房子吗？你能不要你生病的老子吗？你能叫你娘收接生费吗？定国爷说，不要老子是不孝，收接生费是不仗义，都不能做。但我能保证赚钱做新房，让你过好。女方眼睛一瞟，你咋保证，凭你吊儿郎当的样子？还是人叫人应的泡皮德行？泡皮爷受了讥讽并不死心，赌咒发誓说，只要你和我一条心，以后我啥都听你的。女方摇头，指着头顶的喜鹊窝说，听我的有啥用，鸟都挑高枝呢！你不是过日子的人，我们过不到一块。定国爷一下子明白了，哦，你是找到下家了，怪不得现在退亲呐！我脸厚，不怕人讥笑，你不为我想，总得为我妈考虑吧？我妈一辈子好名声，要被你毁了。结婚反悔，亏你做得出来！

再多好话都是白费，被宠幸惯了的定国爷绝望了，灌了一整瓶农药。那真是个凄苦的日子，三婆的哭泣让天地发抖。不仅本家，附近湾也涌进儿路人。有灌肥皂水的，有急着套车的，有抬泡皮爷的，有安慰三婆的。人多，谁跑得快谁拉板车，送到卫生院，抢救了一夜。凌晨，泡皮爷才睁眼，三婆扑过去，哭喊着“我的泡皮儿吔——你是要为娘的命呐!”定国爷瞅见三婆突生的白发，一声呜咽：“妈——儿这次泡过头了，再，再也不敢了!”

生命之舞

到钱冲，她是寻一个梦。梦透着晨雾的水汽，遥远、缥缈、潮湿又丝丝不绝。

她是租车来的，黄色的的士。从省城武汉出发时，灰蒙蒙的天，厚厚的晨霭，她有喘不上气的感觉。中途歇过两三次吧，还是坚持。到孝感地界，灰色的天幕拉高了，染上了蓝，淡蓝，浅蓝，越升越高。抵达安陆钱冲，太阳暖烘烘的，把棉花般的云朵晒得松松软软，仔细看，有白棉丝的触须，在轻舞，在飘移。

她觉得自己也要飘起来了。先是身体，越来越轻。她不明白，那么多的癌细胞争先恐后地扩散，为什么体重越来越轻？轻得只剩下一把骨头，轻得每一步像踩在云端，晃晃悠悠。再是灵魂变轻，抽丝剥茧般，一缕缕抽离。她仿佛看到生命似灰色的炊烟，一股股，一截截，晃晃荡荡，一阵风就能遣散。她害怕这种轻，害怕灰色。她喜欢黄，金色的黄，她喜欢重，坚硬的重。她在脖子上、耳垂上、手腕上、手指上，包括脚腕都戴上了黄金首饰，沉甸甸的，黄灿灿的，有光泽，有质感，有硬度。她读过红楼梦，那些晶莹剔透的美人儿，一口气咽不下去的时候，金子就帮忙解决了。金子能加重生命的轻，也能拭去生命的重。

她是肺癌晚期患者，老公劝她不戴饰品，说天气越来越凉了，金子冰冰凉凉的，对身体不好。她反唇相讥，“哦，怕被人偷去了，是吧？不就是几件首饰，比我还重要？”她想继续与老公抗衡，但医生不让戴。CT、手术、化疗等各种检查和治疗都不适合戴首饰。她不能不听医生的，她想活下去，哪怕活久一点。她从电视上看见了钱冲的名字，无端地感到亲切，熟悉，好像自己去过无数回，好像原本就生活在那里。她坚信自己和钱冲有缘，比如她姓钱，很有钱。当然，这只是表象的联系，她更在意内心的诉求。她才四十出头，几百万的身价。为了保住贵妇人的名分，半生都在争斗：忧心、惶恐、提防、跟踪、争吵、哭闹，生活看似优越，内心动荡不安。尽管老公从没有主动和她提过离婚，她还是感到潜在的威胁。身居多处豪宅，她睡不着；进去高档酒店，她吃不下。是什么时候得病的，她没有感觉，怎么得这个绝症，更是无从查起。电视画面变换着，钱冲蓝蓝的天，蓝得宁静高远，白色的云朵，白得纯净旷达，金黄的银杏叶，黄得动人心魄。

那是生命的召唤，是无数次梦中的向往。她的心亮了，动了，一个人偷偷跑出来。一踏进银杏谷，她像是入了皇宫。到处是黄，金色的黄，高贵的黄，富丽堂皇的黄。宫闱金碧辉煌，华盖鎏金溢彩，金色的地毯软绵绵，黄色的帷幕亮堂堂。这是大自然的恩惠，在这叫钱冲的王国里，她俨然成了骄傲的女王。站在山顶，扶着粗壮繁茂挂满银杏果的大树，她的目光扫向山谷，哪一棵是它的伴侣呢？它长在这里，另一棵一定不远，一定在彼此的视野之内。她不相信满山谷只有一棵公树，不相信一棵公树拥有成千上万的母树。科学研究说一棵公树能给无数棵“嫔妃”授粉，这是什么逻辑？连植物都如此霸气，何况人类？她想不通，也不甘心。

有风了，树叶飘飘洒洒，信手拈起一片，摊在手心。金黄的叶面，多像一把小扇。儿时，母亲唱着歌，摇着扇子，摇啊摇，她就睡着了。要是哪一天自己再也醒不来，母亲会忍受怎样的煎熬呢？她不敢想，抚摸着叶片，眼睛涩涩的。这是一枚漂亮的银杏叶，平展展的，没有一丝褶皱，周边镶了深黄的金边。明明是赴一场死亡的盛宴啊，却这般坦然，没有紧锁的双眉，没有哀怨的叹息，没有负累的沉重，彩蝶般盛装舞蹈，英雄样视死如归。难怪印度诗人泰戈尔希望“死时如同静美的秋日落叶”。静、美，两个简单的字，含义多么深刻！没有静，哪来的美好？那些银杏叶挂在枝头脉脉相望，落到地上紧紧相拥。温润的叶脉饱吸天地之精华，摈弃世俗的烟尘，平心静气，与世无争，这是何等的境界！自己呢，这些年与“小三”斗、与老公斗，争金钱、争地位，忘了看望住在农村里的父母和公公婆婆，忘了亲近寄宿在学校的孩子，忘了歇下来享受生活。越怕失去，越想抓住，紧紧拽住。活得真累呀！她下意识地看了看手心，手里空空如也，那片银杏叶不知什么时候早已遗落。地上的落叶太多了，分不清哪一片才是。疲惫袭来，她斜倚着苍劲挺拔的银杏树，仰望着，思考着。蓝天变成了浩瀚的海洋，银杏树是海底长出的一丛丛珊瑚，流动的人，走动的猪、牛、狗就像是在海底游动的生物。动荡的“海”因为辽阔而平静，因为包容而色彩斑斓。为什么要争斗呢？钱、权、利，生不带来，死不带去。在死亡面前，一切都是虚无。高贵也好，贫贱也罢，死亡的结果，都是一把灰烬。至于爱情，也不是想留就留的，就算留住了人，心越走越远，咫尺天涯，何尝不是一种痛苦？

阳光从层层叠叠的叶间穿过，搭起的一座绚丽的时光隧道。过去是回不去了，栽什么种子结什么果，失去了才懂得珍贵。佛教视银杏为圣树，它的超凡脱俗，是经过了千百年的修炼。英国有句话：一夜之间可以造就一个百万富翁，但是要培养一个贵族却要三代人的努力。她出身平民百姓人家，也没受高等教育，当然做不了贵族，她只想为子女创造条件，就算子女当不了贵族，孙辈总可以吧！她想得那么长远，做得那样义无反顾，她把弦拉得满满的，忽然一天，“嘣”的一下，她听到碎裂的声音。

碎裂，来自骨头的碎裂。感觉到虐心，看不见裂纹。树是有纹路的，一圈一个年轮。500 年，1000 年，5000 年，记录的符号跳过风风雨雨，跳过酷暑严寒，活过的苦难忽略不计，走过的曲折一笔带过，活在当下，只管当下。活着，即是存在。银杏存在着，被无数人仰望，被无数人歌颂。植物“活化石”，公孙树，白果树，鸭脚树，一个名字一种寓意，一种寓意一份宠爱。自己一直被母亲喊为英儿，被老公唤做英子，被孩子叫着妈妈，一个称谓一个身份，一个身份一种责任。如今，躯体虽然存在，却病入膏肓。尽责是不可能了，能做的仅仅是如何像一片叶子安静地离去。在这世上，谁离开谁不能生活呢，关键是不能被自己打败。当同类相继灭绝的时候，银杏树不是独自挺过来了吗？两亿多年的凄风苦雨，捶打出它遒劲雄伟的躯干；四面朝阳，才萌发出错落有致的枝桠；一心向上，才成长为宝塔般的威严，即便是一片银杏叶，也不因飘零就破碎枯萎，就黯淡消沉，就在秋风中自怨自艾。一株银杏就是一个得道的高僧，参透了禅机，悟透了人生。

佛曰：心无挂碍，无挂碍故，无有恐惧。谁的一生，无苦？谁的一生，无痛？但面对苦痛的姿势，不应只有哀怨一种，还有超脱苦痛后的飞翔，还有释然后的安详与静美。眼前，这些在空中上下飞舞的银杏叶，不正是如此吗？它们把最后的凋零，变成一次绝美的飞翔。把自己交给风，交给大地。以凛然的气势陨落，赴死；以无畏的姿态飞翔，舞蹈，看不出悲伤，也看不出痛苦，只有美，泰然的美，大义的美，极致的美。这美让她的心亮堂、温暖，灵魂也随着银杏叶腾挪飞舞。她似乎听到来自银杏谷若隐若现的梵音，迎着太阳，嘴角露出了欣慰的微笑。

后　记

对于物，我有两爱，一是月光，二是书。书是自己的，铺了半床，月光是借来的，也铺了半床。

小时候的月光不需要借，书是要借的，借也没有选择，小人书就那几本。《嫦娥奔月》《孙悟空三打白骨精》一到手就有人催要，只有舅舅落在我家的《钗头凤》属于我，由我翻阅。夜晚的乡村，最慷慨的莫过于月光。白色的月光像雪花膏，薄薄的一层抹在四野，它又像纱帐，柔柔地包裹草垛。我躲在月光草垛里，夜静山空，声音悠远。手捧着图书，全然忘记了大石盘边哥哥们打扑克的吵闹，深巷里伙伴们藏猫猫的欢叫，稻场上唠嗑的老人不时的咳嗽，草丛里虫儿叽叽啾啾的鸣叫。我把书当朋友，草垛当床。明月照着，清风吹着，稻草的清香熏着，半梦半醒之间，我随嫦娥飞起来，本想去月宫的，去了沈园。看见陆游在墙头题《钗头凤》，他悲叹，我哭泣。哭呀哭，哭醒了看见手里被泪水打湿的图书，才想起唐婉在纸上，我还是我。

长大来城里，书自己想买就买，月光却是吝啬的，被高楼切割得支离破碎。我住在5楼，对面是绿化地，没有楼房遮挡，没必要考虑楼内人的目光。我把对月的墙面拆了，装上玻璃，帘子是个摆设。只为借来一方月光。一个月总有几天好月光，像水一样流进来，蔓延到床上，漫过我，漫过我的书。房间里很静，我能听见月光流动的声音，看见月色摇曳的树影。我与书中的人物对话，远古的，现代的；中国的，外国的；男的，女的。时光悄悄流逝，月光点点轻移，我的视野慢慢扩展，心胸渐渐开阔。床不仅仅是床，而是一叶舟，舟上载着的不仅是书和月，而是全新的世界，全新的思想。彼岸虽然遥远，我在缓缓抵达。

我在喧嚣的角落阅读，世俗被关在门外，借一窗月色沐浴，心是宁静的，身是干净的。我在孤灯朗月下寻觅，书是有温度的，我捧它焐热了它，半边床就不再清冷，手脚所到之处传递的是温热的气息。书也是讲缘分的，求得它，爱它，它就不离不弃。要看的时候揽在怀里，捧在手心，读在心里；不看，就让书和我静卧，书枕着月光，我枕着书香，一颗漂泊的心，徜徉。入梦。回家。